U0152136

目　　录

序 【栎之路】　　　　　　　　　　　　　　　　　　　4

序 【编者的序】　　　　　　　　　　　　　　　　　　8

第一篇【这一条路】　　　　　　　　　　　　　　　　10

第二篇【准备出发】　　　　　　　　　　　　　　　　16

第三篇【圣路日记】　　　　　　　　　　　　　　　　20

第 1 天　来到圣路起点——圣让．皮耶德波尔　　　　22

第 2 天　开启圣路初体验　　　　　　　　　　　　　26

第 3 天　天涯孤旅　　　　　　　　　　　　　　　　30

第 4 天　从"圣骑士之乡"到"桥之城"　　　　　　34

第 5 天　那些在圣路上遇见的人和风景　　　　　　　38

第 6 天　来到《太阳照常升起》的地方　　　　　　　42

第 7 天　病游潘普洛纳 一个以奔牛节闻名的城市　　46

第 8 天　第一次独自在欧洲坐大巴　　　　　　　　　48

第 9 天　星星古镇遇见 Dun　　　　　　　　　　　　52

第 10 天　开走以来最愉快的一天　　　　　　　　　　56

第 11 天　在洛格罗尼奥遇见 Jennifer　　　　　　　60

第 12 天　纳瓦雷特遇见韩国小欧巴　　　　　　　　　63

第 13 天　孤独而又自由的行走　　　　　　　　　　　66

第 14 天　与 Leslie 一家快乐同行　　　　　　　　　70

第 15 天　贝洛拉多再别 Leslie　　　　　　　　　　　74

第 16 天　在古城布哥斯第一次参加弥撒　　　　　　　78

第 17 天　同是天涯"圣路人"，相逢何必曾相识　　　82

第 18 天　走过美丽的梅塞塔高原—人、风景和古镇　86

第 19 天　陌路相逢似故人　　　　　　　　　　　　　90

第 20 天　不期而遇——修道院庇护所和巴西美女 Debora　94

第 21 天　巴士偶遇 Jennifer 每天都有小惊喜　　　　96

第 22 天　莱昂古城一日游　　　　　　　　　　　　　100

第 23 天　阿斯托加—小城教堂多　　　　　　　　　　104

第 24 天　小村子冯赛巴东　　　　　　　　　　　　　108

第 25 天　在铁十字架下放下执念　　　　　　　　　　112

第 26 天　来到《西班牙寄宿》——别尔索自由镇　　116

第 27 天　上午：偷得古镇半日闲　　　　　　　　　　120

　　　　　下午：最靠近终点的起点——萨利亚　　　123

第 28 天　白色小镇的端午节　　　　　　　　　　126
第 29 天　新鲜体验——与朝圣学生军共住一室　　130
第 30 天　烈日下有点乏善可陈的一天　　　　　　134
第 31 天　出发！终点前哨站　　　　　　　　　　137
第 32 天　到达终点——Santiago Compostela　　141
第 33 天　来到世界尽头　　　　　　　　　　　　144
第 34 天　相遇是前世的缘份　　　　　　　　　　148
第 35 天　目光的尽头是真我　　　　　　　　　　152

第四篇【圣路拾萃】　　　　　　　　　　　　　　154
　　　——走过历史与现实

第五篇【灵魂之问】
　　　——为什么要走圣地亚哥朝圣之路？　　　　166

第六篇【走出自己】　　　　　　　　　　　　　　174

第七篇【女儿的话】　　　　　　　　　　　　　　181

第八篇【对生命的敬畏和感恩】　　　　　　　　　188

第九篇【特别致谢】　　　　　　　　　　　　　　194

第十篇【后记】　　　　　　　　　　　　　　　　198

栎之路

徐新

（上海清新之爱慈善基金会创始人）

栎是我的朋友，她在今年六月份的时候去走了一趟西班牙圣地亚哥朝圣之路，回来后把此行的所见、所闻、所想整理成了一本游记，起名《追光而遇——一个人的朝圣之路》，邀请我为之作序。作为曾经的同行也是同道的朋友，特立独行如她，我算是懂得她的一个。在她行走这条朝圣之路的过程，我也一直在关注她，所以接到她作序的邀请时，没作多想便欣然答应了。

我想先从栎的名字写起。

"栎"是一多音字。传统的官方读音是"Li"，但是她却喜欢人家叫她"Yue"。这么多年了，作为业内名人，大家都叫她"Yue"。栎是一种树，在中国的很多地方都有。这是一种比较好生长的树木，又大概是因为其用途甚少，故而得以平安生长。我想，栎的爸爸妈妈在为她起名的时候，应该是希望女儿如栎树一样也能轻松成长，不求大富大贵，但求平安、随性、独立，希望她不是一朵娇弱的花、不是一条软弱的藤。

栎后来果然如其名所愿，顺顺利利地长成一个娇俏的南方姑娘，顺顺利利地上了大学，顺顺利利地成为一名公务员。二十年前，某种机缘巧合，她进入物业管理行业，从此，行业内无人不知南宁"黄会长"。那些年，栎似乎成了行业的团宠，也成了行业发展的引领者之一，她把一个在南方边陲的城市协会做到了全行业知名、让人刮目相看的程度。我与她的相识，缘于一次同行交流，她喜欢我的"知性"，我喜欢她的真实和灵气。如此，我们以同行之名成就了朋友之实。

三年前，栎辞去了她为之付出几乎全部职业心血的会长职务，且不再插足行业任何事务，做到了干净利落，不给别人添堵不给自己添烦。我惊讶于她的任性，更佩服她的磊落与勇气，她成了我的榜样。一年后，我同样一番操作，从狮城怡安（上海）物业管理有限公司董事长位置退下来。从此，物业行业少了两个女强人，江湖上则多了两个女散人。

再说栎的西班牙圣地亚哥朝圣之路。

栎策划此次西班牙朝圣之旅的时间不算长，却没有任何犹豫。2月份在香港，几个朋友一起吃饭时，我问她："你英语到底怎么样？日常会话行不行？"她小脸红得有点尴尬："完全不行。"我急了："那你东南西北去了那么多国家，是怎么玩下来的？"兄弟小五悄悄捣捣我："以前都是结伴同行的……"我直摇头："那你这也太困难了。"她认真地说："我把中英文对照的日常会话写成条子带着，不懂就对照了问。另外，我有个朋友的朋友懂得西班牙语，他知道我要一个人去西班牙徒步，答应帮助我。"我看着她，无奈地说："好吧。"

此后两个月，栎开始用最笨拙的方法学习简单的英语，开始背着行囊去徒步模拟训练。在此过程中，我还发现她对户外装备没啥概念，对户外徒步也没有经验，对很多事都没有……我又好气又好笑，这个女人啊！倔强又天真。

栎如期出发了，我们几个好朋友在群里给她祝福和鼓励。翻越比利牛斯山（The Pyrenees Mountain）是她的第一段，栎很紧张，怕自己第一段就掉链子。当完成第一段后，她有了信心。后面，就是每天走啊走啊，从十几公里到二十几公里。整条路上，要穿过荒野、农田、村庄、小镇。每到达一个休息点，找一个庇护所，分配到一个单人床或上下床，十几个人一个房间。晚上有人打鼾的机率接近100%，而且是外国呼噜，相当陌生。

栎是一个地道的广西人，我了解的她也是一个挑食者。按说西班牙的食物还算不错，但挡不住一路几乎全是小镇或乡村，非马德里此类城市可比。有时候她到达一个驿站，最大的奢望就是能买到西红柿和鸡蛋，最好再有包泡面，可以来一个西红柿鸡蛋泡面。当然，大部分时候，是在村里或镇上的小餐馆打发一顿。刚开始她还有点挑剔，走着走着，填饱肚子成了刚需，也就不讲究了。

栎每天的朋友圈更像一个进度表，在三十天左右的时间里走八百公里，更像是在丈量着人生。有时候，她在独行的路上遇到一个东方人的面孔，便会欣喜地搭讪，如果对方开口说的是国语，那便是栎最开心的时候。走这条路的人，似乎都很投缘，如果有更投缘的人往往就会约了到驿站一块吃饭或一块结伴走一程。于是，栎这一路上认识了很多一见如故的人，并把这些人写进了这本书里。还有一些语言不通的人，靠着手势、肢体语言、单词、翻译软件，依旧聊得畅快。栎这一路上，也了解了不同的文化、不同的价值观。我想，沒有哪一種探索世界的方法，比脚踏大地、一步一步踏踏实实地行走，來得更好、更有趣了吧？

栎这一路风吹日晒，中间还有过生病的经历，但最终还是顺顺利利地到达了朝圣之路的终点——圣地亚哥 - 德孔波斯特拉大教堂 (Santiago de Compostela)。记得她快到的时候曾经拨过我的电话，可惜因为时差，我没有接到。后来，我拨通了她的电话，祝贺她完成了一项我认为不可能完成的旅程。她告诉我，她临近终点的时候忽然很想哭，想找人倾诉些什么，想痛快淋漓地哭一场。听她絮絮叨叨地和我说着一些感受，但又没说出些什么惊世之语。我漫不经心地听着听着，忽然间顿悟，栎做了一件看似笨拙却伟大的事情！她的这段旅程是一段没有宗教信仰的信仰之路。如果问这个信仰是什么，那应该是在大自然中，每个物种、每一位人类，用或短或长的生命，体验生命的意义，看到生命的终点。栎就像一棵栎树，独立、笔直、葱翠、不断地向上，看到更远的远方。

记得栎在出发西班牙之前，我曾问过她："你为什么要去走这条朝圣之路？"她有点调侃似地回答："你们不是说我有公主病吗？我想去寻找自己。"我们笑嘻嘻地说："好啊好啊。"其实，她已经很好很好了，出走半生，归来仍是少年一样心思清澈，还在每天安安静静地看书，还是那么爱憎分明，还是那么毫无保留地对朋友好。如果这是公主病，那"公主病"还真是个褒义词呢！

  我为有栎这样的朋友而自豪、感恩。她说过，写这本书的目的是为了分享，祝愿她的这本《追光而遇——一个人的朝圣之路》能分享给更多热爱生活、热爱旅行的人。

  此序。

徐新

2023 年秋于上海

编者的序

吴志隆

（全国港澳研究会港区理事）

你相信生命的光吗？有人追过！

我喜欢交朋友，也算是个"好奇宝宝"，在朋友引荐下结识了本书作者黄栎女士，朋友告诉我这位女士去了西班牙的"法国之路"旅行并深有感受，甚至想将过程记录下来，出版成书。这就让我心中出现了一个偌大的问号：是一场怎样惊心动魄的旅行，竟然要让这位朋友出版记录？

感谢作者的信任，邀请我担任这本《追光而遇——一个人的朝圣之路》的出版人，这给我带来的不仅仅是一份出版合约，更重要是一次过满足了两个愿望：一是见证了一个永远相信光的乐观生命；二是透过文字去了一场"有温度的旅行"。我要特别强调是"有温度的旅行"，因为作者在这 30 多天的圣路之旅，并不仅仅是走马观花，吃喝玩乐，而是在与陌生人的互动当中，与自己的心灵对话之中，重新激发自己对生命的热情，对世界的好奇。

从与作者的交谈当中，还有从文字当中的情感流露，我知道这一场旅行对她的生命来说是有颠覆性的影响。这也让我对这条位于西班牙与法国交界的"法国之路"有更多的好奇，这条路到底有何魅力，可以吸引一位没有太多海外生活经验的内地中年女性"胆敢"孤身来走这条路？又是有何种魔力可以影响一位事业有成的女强人，就算归来后仍对这条路还念念不忘？

我们当然知道"法国之路"是一条旅游路线，闻名世界也不仅仅是因为风光美丽，更因为当地的文化、历史可以营造出一种氛围来触动旅游者的心灵，让这一场旅游不仅仅是一场旅游。作者用她独特的视角，将这一路上的风景、故事和感悟捕捉下来，呈现给我们这一群渴望探索、渴望了解不同文化的读者。

这本书，不仅仅是一本旅行指南，更是一本心灵的日记。作者在书中记录了她的旅行体验，与那些深刻的思考和感悟相互交织，形成了一幅幅生动而感人的画面，让人重新感受到生命还有乐趣与温度，生活也不仅仅是上班下班的营营役役。书中的文字并不长，但却犹如有画面一般，作者用文字描绘出那些令人心动的风景，从古老的城堡到浪漫的城镇，从美食到葡萄酒，让读者可以跟着日记中的文字与图片，在脑海中走一遍"法国之路"。

而比风景更动人的，是那些与当地人交流的瞬间，还有与自己心灵对话的点滴。这些文字中，既有对大自然的敬畏，也有对人文的关怀，更有对生活的反思与理解。读这本书，我仿佛也感受着作者在旅途中的情绪，就如随着作者一起走在那条路上，感受着作者经历过的旅程，还有路途上一个个有温度的陌生人，也许真正的情感交流，并不需要太多语言，那怕语言不通畅，只要大家想交流就总会找到办法。

这本书除了是一个旅行者的回忆，更提醒我们要看到生命的光，那怕生活的压力让我们越来越迷茫，甚至畏光。有光，才会有希望，世界如是，生命亦如是。如果没有希望，那生命就真的不如一条咸鱼。

走过"法国之路"的人不知凡几，据说每个人都有自己的一番感悟，我期待有一天我也可以有追光的勇气，亲自踏上这条触动自己的路。但在我们还没有准备好追光之前，至少我们要相信光，衷心希望这本书能够给读者们带来生活中的一线光，激发大家对旅行的热情和对生命的激情。

吴志隆 全国港澳研究会港区理事

陕西省政协委员

就是敢言执行主席

甲辰元月廿六

#1

这一条路

| 1 |
这一条路

在我们生活的世界，有一条史诗级别的徒步路线，坐标在欧洲伊比利亚半岛的西班牙北部。这一条路叫圣地亚哥朝圣之路，西班牙语 Camino de Santiago。圣地亚哥（Santiago）是西班牙西北部的城市，和耶路撒冷、罗马并称为世界三大朝圣圣地，Camino 在西班牙语是"路"的意思，以我的经历，行走在这条路上的人都习惯把"Camino de Santiago"简称"Camino"。事实上，圣地亚哥朝圣之路通常不是单指一条路，而是无数朝圣者汇集而成的"法国之路"、"英国之路"、"葡萄牙之路"、"北方之路"、"银之路"等等不同朝圣路线的集合。

打开历史的天窗，让我们来看看这是一条什么样的路。

犹太人雅各布（James）是耶稣重要的门徒之一，公元 44 年，他在耶路撒冷被犹太宗教权贵斩首殉难。后来他的遗骨被人带到他曾经传教过的西班牙西北加利西亚埋葬。后来这里就以他的名字命名，尊称他为 " 圣雅各布 "(James the Great)，西班牙语圣地亚哥 (Santiago)。

中世纪战乱和王朝更替，圣雅各布的埋葬地失踪了。传说在公元九世纪，有一个牧羊人，在夜空下由一颗熠熠闪光的星星引导，重新发现了圣雅各布的墓葬，后来就在发现墓葬的地方建造了大教堂，圣徒的 85 颗遗骨经层层套装，供奉在了大教堂的地下室。所以这里的全称是"繁星旷野的圣地亚哥"(Santiago de Compostela)。至此，来自世界各地的信徒满怀虔诚，从四面八方徒步前来，拜谒圣人遗骨；至此，1000 多年来，圣地亚哥这个城市每天都吸引着无数的朝圣者，有数不清的传教信徒沿着圣人的足迹，历尽千辛万苦，最终抵达这里，完成他们的心愿。

这就是圣地亚哥朝圣之路。

　　圣地亚哥朝圣之路与世界上所有著名的徒步路线不同，它与中世纪的西班牙乃至整个欧洲的历史人文宗教和建筑联系在一起，也让其中的"法国之路"和"北方之路"列入了联合国科教文组织的世界文化遗产目录中。

　　圣地亚哥朝圣之路中最具人气的是"法国之路"，它全长 800 多公里，起点是法国和西班牙边境的法国小镇圣让皮耶德波尔（Saint Jean Pied de Port，简称 SJPP），虽然叫"法国之路"，但事实上从这里出发翻过比利牛斯山（The Pyrenees Mountain），后面路段全境都在西班牙。据统计，近 40 年来，每年约有近 30 万人来走"法国之路"，他们摒弃现代交通工具，在翻

越比利牛斯山后，再徒步横穿西班牙北部最后的 800 公里。沿途会走过无人旷野、乡间小道、山谷森林，经过上百个大小城镇与村庄，朝圣者们每天停留的地方会有庇护所、餐厅、超市等，为他们提供所需要的住宿、食物与饮水等补给，是所有朝圣之路中设备最完善的路线。我此行选择"法国之路"，除了这条路的美丽与厚重、成熟与完善，知道自己是个菜鸟级别的背包客当然也是原因之一。

圣地亚哥朝圣之路是西班牙人文历史中的瑰宝。走在这条路上，你可以感受到西班牙人对拥有这一瑰宝有着无比的自豪感，无数的西班牙人为了让这一瑰宝长久的传承下去，无私的奉献着。

最后，借用一个不知其名的作者写的一首诗来描述一下我心中的这一条路：

有一种流浪，不用担心迷路，

有一种旅行，虽疲惫却幸福，

有一条路，不仅走到了圣地，也走向了自己的心灵。

#2

准备出发

| 2 |
准备出发

下了排除万难的决心去走西班牙圣地亚哥朝圣之路（法国之路），此时，疫情刚刚过去，国门刚刚打开，旅行签证刚刚恢复，一切都是刚刚好，一切仿佛天成。

行动派如我，一边开始准备签证资料，一边开始学习户外徒步基本常识。申请申根签证非常顺利，资料递交的第二天就通过了，而且申请 45 天批准了 90 天，感觉这是一个好兆头。接下来开始准备户外徒步必备的物品，开始进行徒步体能训练，开始学习简单英语对话，开始收集朝圣之路的信息，开始熟悉"法国之路"沿途的地名和庇护所，同时开始规划行走的路线和时间。

从 2 月份开始办签证到 5 月份出行，整整 3 个月。那是一段怎样努力的、充满信心的和坚定意志的日子——每天坚持各种学习，各种户外用品的使用、户外运动的基本常识、英语单词的死记硬背、模似背包的行走等等。每天都是累并快乐着，因为精神有所依附，方向让人快乐。所谓功夫不负有心人，我终于从开始时一无所知的"大白"变成略有所知的"准背包侠"，还没出发感觉已经收获不少。其间，朋友们有支持的有鼓励的，有怀疑的也有反对的，不管怎样，我选择忠实于自己的内心，决定了就只顾风雨兼程。

终于到了出发的日子。那天，我一个人坐在香港机场的候机厅里，思绪万千——此去前路，一路都是陌生而熟悉的旅人，一路都是陌生而熟悉的他乡，一路都是前世今生的相逢。然而臆想的浪漫终究不能代替现实，现实是已知和未知并存的诸多变数，这一次和以往的旅行多有不同，自己一个人要独自面对的更多。行吗？我在心里一遍一遍地问自己，再一遍一遍地给自己以肯定的回答。关于这一场独自前往异国的远行，语言不通的菜鸟背包客如我，困难可以想像，而面对困难不是选择放弃而是选择解决，这是怎样的信念和勇气，我想走过之后我会明白。

听说每一个去走圣地亚哥朝圣之路的人都会走出一条属于自己的路，而这也正是我的追求。我也明白，此行不是去比赛，不是去挑战，不是去炫耀，而是去打开视界、寻找自己的朝圣之路。何况，除了朝圣之路，西班牙浑厚斑斓的历史，自然风景美不胜收，我相信，带上一双发现的眼睛和一颗勇敢的心，此行定有丰厚的收获。

都说"行万里路，读万卷书"，我想，人不可能永远在路上，也不可能永远在书里，人只有真实的经历才会有真正的豁达，从别人那听来的东西永远不是自己的。所以，且放下内心的不安，执拗于行走的努力，准备出发吧！

#3

圣路日记

第一天 ：5月26日

来到圣路起点——

圣让.皮耶德波尔 (Saint Jean.Pied de Port)

古老的钟楼是小镇最显眼的建筑

和一个来自华盛顿的华人网友 Ying 约了一起开启朝圣之路，在西班牙首都马德里 (Madrid) 汇合后，按照约定的行程，今天要赶及早上 7 点半的火车去潘普洛纳 (Pamplona)，又约定了要走路过去，所以凌晨 4 点半就起床了。此时窗外雨声哗哗作响，天空不作美，下大雨了，但路还得走。5 点半收拾妥当穿上雨衣隐入雨中。

从住的地方到阿托查 (Atocha) 火车站大约有 3 公里，在雨中行走近一个小时，到了火车站顺利坐上前往潘普洛纳的火车。火车上坐在对面的先生听说我们要去走朝圣之路，感觉他眼睛一亮，露出一个温暖的笑容。他自我介绍在马德里工作，说圣路他已经走过 5 次，这次趁着休假打算再去走一段。他热情地给我们介绍圣路上经典的人文和风景，还给我们提供一些行走中的建议。令人感动的是，到了潘普洛纳下火车后，大概是看到我们有点茫然，这位先生又主动提出来打的带我们去巴士站并指点我们如何乘车去往圣路的起点，法西边境小镇圣让皮耶德波尔 Saint Jean Pied de Port（之后简称 SJPP）之后才离开，我们要付给他的士费，他也坚决不收。我虽然英文不好，但也听懂了他说的一句话 "Thank you for walking Camino"。心想这踏上去往朝圣之路的第一天就被暖暖地感动到了。

小镇随处能碰见世界各地的朝圣者

　　当天没能坐上去往 SJPP 的巴士，因为车票已售罄，可见朝圣者之众。后来我们和一个来自以色列的女士一起合伙打了个出租车，才终于来到了 SJPP。至此，这个几个月来在心里碎碎念念的法国边境小镇，终于真实地出现在我的眼前。走进小镇，看到许许多多和我们一样背着背包的朝圣者，不时擦肩而过，一种浓浓的朝圣氛围迎面而来。

到朝圣办公室报备并领取朝圣者护照

　　到达后第一件事就是去"朝圣者办公室"登记，并领取朝圣者护照和一枚扇贝（背包上挂着扇贝是朝圣者的标志），还要了解第二天即将开启的徒步路线，办完这一切，预订的朝圣庇护所还没有开始办理入住手续。我们利用这段时间在小镇里四处游走，边逛边拍。大概是因为阳光太好，天空太蓝，发现这个中世纪小镇比图片上看到的漂亮多了，既有漂亮古典的法式风情，又有江南水乡的古镇风韵，真是出乎意料的令人喜欢。

天气好，小镇随处都是风景

今晚入住的庇护所大堂，我们初到时还空无一人

办理入住的时候，已经有很多人在排队等候，都是和我们一样背着包的朝圣者，住的房间类似学生时代的集体宿舍，公共的浴室和卫生间，我已经记不清多少年没有过这样的体验了。不过这个情况在决定来走朝圣之路的时候就已经了解过，是有心理准备的，也明白此行不是来物质享受而是来精神追求的，所以会时时告诫自己坦然接受，要随遇而安。

晚餐是从小超市买回来的水果和泡面，庇护所配备有厨房。有个韩国的女生邀请我们一起分享她做的炒鸡块，还有几个来自法国的帅哥一起拿了红酒来，大家聊得很开心，大概是看我话说得少，其中一个帅哥问我是不是性格内向不爱说话，我说不是，是因为我英语太差，说不出来。大家都笑了。看到大家如此友好和开朗，我在内心里给自己增加了一份走完朝圣之路的信心。

晚上躺在小床上第一次躲进睡袋里，好久都没有睡着，关于这条路，想了这么长时间准备了这么久，明天就要开始了，再次有点激动有点忐忑，心里祈祷有个好的开始，希望一切都可以慢慢地适应下来。

颇具江南水乡风情的圣让．皮耶德波尔

第二天 ：5月27日

开启圣路初体验

清晨从圣让.皮耶德波尔出来，从此一路向西

今天是正式开始朝圣之路的第一天，目的地是西班牙边境小镇巴尔卡洛斯 (Valcarlos)，徒步距离13公里。

早晨5点钟刚过，同屋的路友们已经纷纷起床开始收拾行装了，大家都在黑暗中悄咪咪地收拾自己的东西，尽量不影响别人。我这种大大咧咧的人，马上也学会了收敛，也学会了在离开的时候自觉把自己的地盘收拾干净，西方人的文明体现在细节里。

和昨晚请我们吃炒鸡块的韩国女生道了再见，各自踏上了各自要走的路，从此天涯。

按照攻略，"法国之路"的第一天是全程难度最大的一天，因为要翻越比利牛斯山 (The Pyrenees Mountain) 到达距离29公里之外的龙塞斯瓦列斯 (Roncesvalles)。这是官方建议的路程，也是一般朝圣者当天的目的地。但事实上很多人也会量力而行，比如中途住一晚，第二天再继续走。

从SJPP出来，会有两条路线，官方地图上标注的是红线和绿线。一路向西走出小镇的时候会有一个岔路口，左边通往红线，右边通往绿线，我们选择走绿线。

事实上，绝大多数的朝圣者会选择走红

线，毕竟那才是"法国之路"的经典路线，有风景有古迹，但难度也最大，中途只有在 7 公里处有一个小驿站，且很难订到入住的床位。而绿线相对缓和，中途在 13 公里处有小镇可以入住休息。我和 Ying 在评估了自己的能力之后，决定选择绿线，这样在翻越比利牛斯山的中途可以相对宽松地住上一晚，第二天再继续走。如果走红线，中途万一找不到住的地方，就只能一股作气地翻山越岭，走够 29 公里才能到达到目的地。我们认为第一天行走还是先保存体力，不可用力过猛。

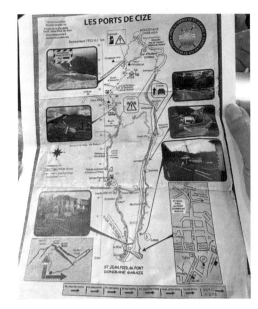

翻越比利牛斯山线路图，每个朝圣者人手一份

开启圣路初体验的兴奋

再说自从踏上了绿线之后很快发现本来前后左右不间断的人流都不见了，只剩下我们两个在踽踽前行，后来好不容易遇上一个来自爱尔兰的朝圣者，打了招呼后人家就大踏步地向前走，很快也不见了踪影。从此这一路上再没看见过其他朝圣者的影子，陪伴我们的除了路边的风景，还有朝圣路上特有的黄色箭头和扇贝路标，跟着它们就不会迷路，那是朝圣路上我看到的温暖的存在。

村子虽小，但远处的教堂是它不可或缺的最高点

　　早上 7 点出发时天气尚凉快，精神也尚好，一路走走拍拍，有如郊游一般兴奋。这第一天开走，当然新鲜，当然好奇。大概走了两个小时左右，经过一个小镇模样的地方，路牌显示从这里开始进入西班牙。再后来太阳越来越大，天气也越来越热，走着走着人也快焉了。经过 4 个半小时走了 13 公里后，我们按计划在靠近比利牛斯半山腰，一个叫巴尔卡洛斯的村庄住了下来，今天的行程算是完成了，明天再继续翻越。想想，虽然与那些走红线的朝圣者相比，我们的成绩有点不那么优秀，但重要的是我们量力而行，知道自己只能考 60 分，就不强求自己考 80 分，这叫自知之明。

　　今晚住的是一所政府开办的公立庇护所，男女混搭，我是第一次住这样的房间，感觉有点尴尬，但知道必须适应，因为从此以后，路上的住宿模式基本就是这样。今天的庇护所大概属于捐助性质，因为这里是没有管理人员值守的，只是大门上写着床位的价钱和要求离开的时间，朝圣者到了自己开门进去，自行入住，第二天按大门上写的时间离开并留下相应的现金即可，这种传统大家都会自觉遵守，不用担心。

今晚入住的庇护所，是久违的上下铺且男女混住

　　巴尔卡洛斯这个村庄很小，但四面环山，风景秀丽，街道干净，人虽少，但教堂是必须有的。另外这里只有一个小餐厅和一个小超市，吃的喝的并没有太多的选择。我们到小餐厅吃了意面，到小超市买了明天带在路上的水果面包，然后回房间休息，养精蓄锐，明天准备翻山越岭。

每个路口都会及时出现路标

第三天 ：5月28日

天涯孤旅

　　今天目的地 —— 龙塞斯瓦列斯 (Roncesvalles)，是西班牙与法国边境的一个小村庄，从巴尔卡洛斯 (Valcarols) 徒步到此大约18公里，需要翻越比利牛斯山，是传说中"法国之路"最难走的一天。龙塞斯瓦列斯是比利牛斯山脚的一个隘口，历史上发生过著名的隘口战役，是骁勇善战的罗兰 (Roland) 和查理曼的后卫军与西班牙人对阵的传奇战场，这一路都是高山景色，松树、野玫瑰丛中瀑布和孤寂的山峰。作为传说中的圣骑士罗兰 (Roland) 的葬身之地而出名。法国史诗《罗兰之歌》对这段历史有过描述。那些走红线和绿线的朝圣者都将在这里汇合，从此一路向西。

　　早上7点半出发，因为走速和节奏不搭对，我和Ying就此分开了，从此天涯。当下沿着黄色箭头或扇贝路标，一路走出了小镇。又沿着公路经过一个小村庄之后开始转入原始密林小道，从此进入翻山越岭的行走模式，从此遥遥前路，难得见到一个人影，偶尔会碰到一个当地人，能补点人气，偶尔能碰到一、两个朝圣者，通常是打了招呼后人家快速超越，又剩下我一个人在天地间踽踽独行。我本是一个害怕孤独又疑神疑鬼的人，此时在密林深处翻山越岭，说不害怕是不可能的，特别是走得实在太累不得不放下背包休息的时候，四处静悄悄地，总觉得背后凉嗖嗖，偶尔传来一点声响，心里就会一阵发毛。每当此时，我就告诉自己要勇敢一点，因为这是自己选择的路，也是自己想要的体验。

近 7 个半小时的翻山越岭，到达龙塞斯瓦列斯的时候已是下午 3 点，此时感觉力气快用完了，简单地说就是今天爬山一个接一个爬到想哭，背包压在身上越来越重，重到想哭，但是没有退路，只能向前走，好在一直有黄色箭头和扇贝路标在引路，看到它们感觉就看到了希望。

以为此路不通，惊慌一阵后发现原来门可以开

继续翻越又一个大山坡

沿着路标走进山谷小道

接下来跟着导航找到了预订的庇护所，放下背包的时候悄悄抹了一把泪。今天入住的是一所老教堂改建的公立庇护所，很大，估计能容留近 200人。我到的时候看到各路朝圣者也陆陆续续地到了，大家都在排队等候办理入住。今晚住的是男女混搭的大开间而且还是上铺，拖着疲惫的老腰爬上爬下安顿好后，拿了衣服去洗澡，发现公共浴室像过年一样热闹，也要排队。好吧，记住自己信誓旦旦说过的话，既来之则安之吧。

　今晚入住的庇护所是一所老教堂改建的，充满中世纪的况味

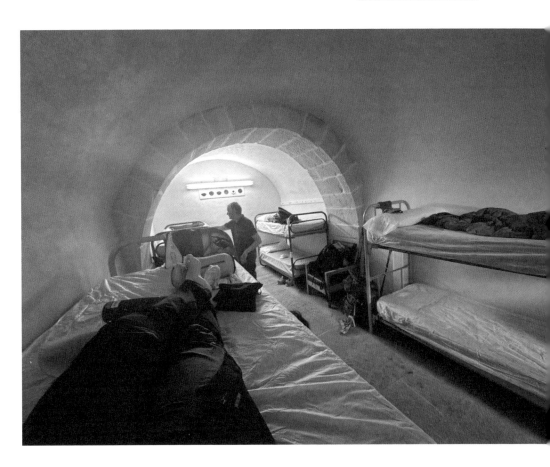

　　晚餐是预订好的集体餐，来自美国，法国、德国、巴西、瑞士、哥伦比亚等国家的朝圣者们聚在一起，像久别的、相熟的朋友一样谈笑风生，没有什么违和感，對我來說，这是一种从未经历过的神奇感觉。不过，更神奇的是，这么千辛万苦地走了一天，怎么没有看到他们的脸上有疲惫的表情，难道这一天下来只有我觉得疲惫不堪吗？！问题是没有答案的，但此时答案已经不重要了，重要的是吃饱了早点休息，明天又将是一段长长的路程。

第四天 ：5月29日

从 "圣骑士之乡" 到 "桥之城"

　　今天的目的地是一个名为祖比利 (Zubiri) 的小村庄，早上 7 点半从龙塞斯瓦列斯 (Roncesvalles) 出发，徒步距离约 22 公里。Zubiri 在西班牙语内有 "桥之城" 的意思，传说动物只要从这座桥跨河并在桥的中央支柱周围盘旋三圈后，狂犬病就会不药而愈，让这座小镇充满着神话色彩。

传说中海明威住过的小楼，它现在的名字叫Hostal Burguete

　　走了约 3 公里左右，经过一个叫艾斯皮纳尔 (Espinal) 的小镇，传说海明威曾经在这里生活过，而他住过的小楼现在被改成了民宿，外观看起来挺漂亮的，外墙上则写着有关海明威的简介。看见小楼门口有不少路过的朝圣者停下来拍照留影，我也不例外。拍完照后继续穿过小镇往前走。此时小镇很安静，它大概还没有苏醒过来。

　　小镇很小，十来分钟就穿过去了。之后继续跟着扇贝或黄色箭头一路向西。一路上不时可以遇见各种朝圣者，擦肩而过时彼此会说一声 "Hola" 或 "Buen Camino"，这是西班牙语 "你好" 或 "一路顺风" 的意思，也是朝圣路上标配的问候语。这些朝圣者大多来自欧美，韩国人也不少，据说来走圣路的中国人极少，屈指可数。今天在路边休息时碰到两个法国人，拿着手机聊了一会，她们听说我来自中国，都露出很惊讶的表情，在她们眼里中国是个很遥远的地方，大概是看我语言不通还一个人独行，两个人同时对我竖起了大拇指，说 "Chinese, great"。

今天一路上的风景，就是密林小道和山间小径轮流上阵，时不时经过一个只有零星几栋房屋的不知名小村庄，安静且安逸，是我想象中的那种世外桃源。

今天的路况虽不像昨天那般一直在攀爬，但各种大坡也不少，并非传说中的"从此坦途"。特别是最后3公里，全是铺满大大小小石块的下坡路，必须得认真地走，不然就有可能会受伤。其间我的Apple Watch经常对我发问：您是否已停止运动？

布满大小石块的下坡路又长又滑

远远看见目的地的路牌，有一种想流泪的感觉

　　总之，走啊走啊，走到疲惫不堪以为再也 hold 不住的时候，抬头看见写着目的地的路牌，瞬间有一种想流泪的感觉。柳暗花明又一村啊！

到达祖比利，一个来自中世纪的小村子

算了算，今天走了 8 个半小时，超过了预期。据观察，走在路上的人，总是在超越和被超越，像我这样尽管与自己相比已经超过预期，但还是属于经常被超越的那一类。

当晚我总结一下，就是今天的整体状态比昨天好，今天从早晨到下午，从凉爽到烈日炙烤，前 5 公里看风景，后 5 公里看手表，中间是各种胡思乱想，休息时不忘把亲爱的双脚拿出来放放风。这两天它们太给力了，一想到这路上看到太多人的脚底起泡或受伤，我的脚依然完好无损，心中就特别感恩。

休息时也要让双脚"放放风"

"桥之城"是个袖珍小镇，安静、干净。今天没有预定住的地方，到了之后跟着其他朝圣者找到一家私营的庇护所，和前台那个胖胖的西班牙大叔一顿鸡同鸭讲，终于办好了入住。

今晚的庇护所继续男女混搭上下铺，而我再次被分配了上铺，又是拖着老腰爬上爬下。看看这 30 多人的大开间，杂而不乱，大家都在自己的地盘上忙活自己的事，安静有序。但是再仔细一看，男多女少，想起昨晚经历的各种呼噜山响，已经一夜无眠，今晚估计又是一个不眠夜了。

第五天 ：5月30日
那些在圣路上遇见的人和风景

今天的计划目的地是潘普洛纳(Pamplona)，距离祖比利大约21公里。

昨天因为膝盖走得有点痛，就想着第二天是不是要坐车到下一个目的地潘普洛纳。晚上打听到小镇每天早上9点有巴士到潘普洛纳，半夜睡不着的时候内心在纠结着到底坐车还是走路。天亮时感觉体力恢复得还不错，于是决定还是继续走路，因为实在不想错过行走过程中的人和风景，那可是这条路上一种独有的存在，也是行走这条路的意义之一。

早上6点左右，整个寝室满满当当的路友们都在悄咪咪地收拾行囊，到了7点已经人去房空，他们同时把自己的地盘也收拾干净了，只剩下我一个人还在手忙脚乱地打包。看来路友们都很专业，我又长见识了。

今天路上的风景我想用一个词来形容，那就是"壮丽"，真是大美西班牙。一边走一边庆幸没有坐车。一路上时不时会遇见各种朝圣者，年长的、年轻的，还有骑行的，我也学会了在擦肩而过时笑着打一声招呼"Bune Camino"。

行走到疲惫不堪饥肠辘辘时，遇见路边摆放的咖啡和茶点，瞬间得到安抚

　　快到中午的时候，看到有人在路边的荫凉处支了张小桌子，上面放着咖啡和饼干，旁边还摆放着几张小凳子，上去问了才知道，原来是当地的村民为朝圣者准备的茶歇，按照圣路的传统，朝圣者可以免费取用，但事实上取用者通常都会自觉留下一些钱，多少自己看着办。我也取了一杯咖啡，自觉付了我认为合适的 2 歐元，顺便坐下来休息了一会。临了彼此道一声"Bune Camino"，友好而温暖。总之，这种经历让人身心愉悦，如果不是亲临其境，可能会比较难以理解这种感受。我现在好像知道为什么这么多人喜欢这条路了，有些人甚至反复来走，大概也是因为在这条路上可以吸取到一种身心灵的养分吧。

　　今天路上碰到两个日本女人，虽然和我一样背着重重的包，但讲究仪表的她们还是化了精致的妆容，即便徒步也要有满满的仪式感，这应该是一种生活的礼仪或者说是一种修养吧，总之感觉很赞。再看看自己，为了减少重量，背包里只带了四样洗护用品：防晒霜、凡士林、百雀灵和一块香皂，凡士林抹脚，百雀灵涂脸，香皂洗澡洗脸洗衣服，想想这几天自己灰头土脸在风中凌乱的样子，不禁有点惭愧。

　　中午一点半左右，在距离潘普洛纳还有5公里的地方，经过一座漂亮的古桥，桥头有个古老的修道院，修道院改建的朝圣庇护所名叫"Trinidad de Arre Pilgrims Hostel"，有个小小的院子，好奇心让我走进去看了看感觉不错，于是临时决定在这个叫千里达 (Trinidad) 的小镇住下。入住的时候遇见一位来自瑞典的先生，他因为到得早并已经去超市买回了红酒、鸡蛋、西红柿还有意面打算自己做晚餐，他说如果我们每人付给他5歐元，就可以分享他做的晚餐，问我们愿不愿意。为什么不呢？还有红酒啊。但结果真的很难吃，我的胃还是中国胃啊。

穿过庇护所的门厅就是一个古朴的院子，有一种似曾相识的感觉，让我临时决定在这里住下来。

　　晚上住的是4人间，一对来自法国的母女，一个来自美国的女士加上我，总算不用混搭了，但铺床的时候我想起了学生时代住的那种地上铺着红砖的集体宿舍。

　　今天状态不错，感觉比昨天好，而昨天又比前天好，这是一天要比一天好的节奏吗？！有点遗憾的是没有按计划到达潘普洛纳，明天早上沿着扇贝与黄色箭头会从城边擦肩而过，大概率会错过这个海明威笔下《太阳照常升起》的地方了。不过，我吹过你吹过的晚风，这算不算来过？

四人间的上下铺，地面的红砖让我想起了久远的学生时代

第六天 ：5月31日

来到《太阳照常升起》的地方

看来我和潘普洛纳 (Pamplona) 还是有缘分的，昨晚写日记的时候还在说因为临时起意到了一个叫千里达 (Trinidad) 的小镇住下，以为会错过潘普洛纳的风景，没想到傍晚的一场雨让天气骤然变冷，半夜突然感冒了，打喷嚏和流鼻涕一直停不下来。今天早上起来不得不调整行程，临时决定到距离 5 公里外的潘普洛纳休息一天。

早上 8 点收拾妥当，背起行囊，跟着导航，步行了一个半小时来到潘普洛纳，预订的酒店要下午 2 点才能办理入住。寄存行李后，又跟着导航上街了，一边流着清鼻涕一边走走看看。今天的步履有点沉重，但今天潘普洛纳的阳光很灿烂，天清气朗，城市干净整洁，古韵风华。走在街上就忍不住想起《太阳照常升起》，海明威写的不就是这里嘛。我在漫无目的地闲逛中，看街上人来人往，热闹而不喧嚣，仿佛"太阳照常升起"就是对这里最当仁不让的形容。

　　潘普洛纳是这条"法国之路"的第一个大城市，也是一个中世纪的古城。它位于比利牛斯山脚，人口近 20 万，市区有许多绿地和广场，有多座哥特式风格的教堂，其中最宏伟的是建于 14 世纪的圣母玛利亚主教堂，而那些建于16 世纪的城墙及其附属建筑则保留着文艺复兴时期的特点。潘普洛纳因每年七月的圣费尔明节（Festival of San Fermín）上的奔牛（encierros）活动而闻名于世，因此也被称为"奔牛节"。

　　圣费尔明节的历史可以追溯到 14 世纪，起初是一场宗教庆典，以纪念一个叫圣费尔明（Saint Fermin）的人，这是一位被认为保护潘普洛纳当地居民免受疾病和灾难侵袭的圣人。随着时间的推移，这个节日逐渐演变成了一项具有浓厚民俗色彩的狂欢活动，吸引着来自世界各地的游客。大文豪海明威在《太阳照常升起》这本书中对这个奔牛节的描述让它变得更加闻名于世。当然，本地人民也没有忘记海明威的贡献，专门为他立了一个雕像，雕像位于靠近城市入口的街头，是这个城市一道值得骄傲的风景。

这个城市值得骄傲的风景

潘普洛纳的街头，是太阳照常升起的地方

快到中午的时候，人走累了肚子也饿了，我的胃在呼唤故乡的味道。有点像瞌睡遇到枕头，不远处看见了一个台湾奶茶店，进去后发现只售外卖，于是点了一份鳗鱼盒饭来到附近广场，一个人坐在广场边的长椅上，看看周边，没有一个和自己相同长相的人，也没有一个和自己说着相同语言的人，端着饭盒有点恍惚：我是谁？我在哪？我为什么会在这里？！然后一边想一边默默地吃饭，一种"独在异乡为异客"的感觉涌上心头。

从台湾奶茶店买来的鳗鱼盒饭

街头立着海明威的雕像

　　下午 2 点，终于可以入住了，今天的任务没有别的，就是大洗大睡，休养生息。

潘普洛纳街头随处可见的古建筑

第七天 ：6月1日

病游潘普洛纳 一个以奔牛节闻名的城市

闲逛中又见到一个岁月久远的古老建筑

药店的标志是挂着绿色十字架模样的牌子

昨天傍晚去附近超市买了泡面和水果，吃饱后顺便把背包里剩下的小柴胡和感冒灵片全部吃光，然后狠狠地睡了一觉。早上醒来，发现清痰已转为黄痰，但咽喉异物感严重，开始有点咳嗽，百度了一下，大概意思是另一种细菌感染，自己也搞不懂，开始担心病情如果加重，可能就走不成圣路了，这一想着实让人沮丧。咋办呢？躺在床上想了好久，最后决定"自我救赎"。这个所谓的"自我救赎"就是：1、今天继续留下来休息和观察；2、找药店买药；3、去超市买生姜和大蒜头，常识告诉我，生姜可以去寒，大蒜可以消炎杀菌。

做了决定后，马上行动起来。一边逛街一边寻找药店，弄了半天才搞明白门上挂着一个绿色十字架模样的就是药店。在药店里跟店员一顿鸡同鸭讲加上小伊的远程翻译，终于买到了一瓶类似止咳糖浆之类的药。然后继续一边逛街一边拿着手机东拍拍西拍拍，这个城市不可错过的风景除了海明威的雕

像、奔牛的雕塑、皇家圣母教堂，还有城市中心纵横交错的街道、小广场和随处可见的古建筑古城墙。古城如斯，又不远万里而来，当然值得多看多拍。等买到生姜和大蒜出来时，发现天乌乌要下大雨了，跑进一家商场入口的门槛处躲雨，雨是越下越大，看着面前如泼水一样的大雨和周遭陌生的一切，再一次有点恍惚：我是谁？我在哪？我为什么会来到这里？

在门檐下看眼前如泼水的大雨，思绪万千

　　过了好久，雨终于停了，看看时间也已经不早，又转到台湾奶茶店买了盒饭，一起拎着回到酒店，吃饱饭后喝下止咳糖浆，把生姜、大蒜头分别放到嘴里嚼碎了生吞下去，然后在心里默默地祈祷：上帝啊，我是来走朝圣之路的，虽然我不是你的信徒，但我和大多数的信徒一样真诚、善良，请让我的病快快好起来吧，我还想继续行走朝圣之路。阿门。此时窗外，雨后如洗的潘普洛纳在斜阳下泛着金色的光（西班牙晚上9点多太阳才落山，10点钟左右天才黑），我一边看着窗外的风景一边在心里默默地想：2023年6月1日，这一天、这一美景连同这一轮的自我救赎，余生将难以忘记。

第八天 ：6月2日

第一次独自在欧洲坐大巴

第一次自己在欧洲坐大巴

潘普洛纳巴士站

昨晚吃药又祈祷，今早起来感觉好多了，不管是药的作用还是祈祷的作用，总之可以继续出发了。但考虑到仍在差中，所以给了自己一个坐车的理由，允许自己今天从潘普洛纳 (Pamlona) 坐车到蓬特拉雷纳 (Puente la Reina)，全程 24 公里。出发前反复把 "Puente la Reina" 这个冗长的地名的西班牙语发音练习了一遍又一遍，以确保上车后能跟司机表达清楚我要去的目的地。

中午 12 点退了房，跟着导航十来分钟就走到了潘普洛纳的大巴站，这是一个设在地下层的公共车站。第一次自己在欧洲坐大巴，但是有谷歌地图加上小伊的远程指导，过程还算顺利。上车时跟司机说好要下车的地方，下车时司机很负责任地跟着我下车帮我把放在行李箱的行李拿出来并帮助我把背包背好后才转身上车。车子开走后，我停在原地站了 10 分钟以消化这份感动，大概也是从这时候起，我开始爱上西班牙了。

蓬特拉雷纳镇也被称为"皇后桥镇"，因镇内有一座中世纪的美丽的罗马古桥而得名，这座古桥的名字就叫皇后桥，它是圣地亚哥朝圣之路（法国之路）

上一个有名的驿站。如果是徒步过来的话，在进入古镇前约 5 公里处有一个建于 12 世纪的罗马教堂，听说也是一个值得顺游的知名景点。但我因为是坐车，所以错过了。

话说到达皇后桥镇的时候，正值烈日当头，当下一边跟着导航寻找预订的庇护所一边打开好奇心东张西望。小镇人烟稀少，马路上宁静得仿佛只有树上的蝉鸣，建筑风格充满中世纪的遗韵，又平添了小镇悠长的岁月感。

小镇上看起来岁月久远的古建筑

这里的树和云都有一种高迪的设计感

走着走着抬头看见高天流云，发现这里的树和云都有一种高迪（建筑）的设计感，有点童话的感觉。

安东尼.高迪（Antoni Gaudi）是西班牙天才的建筑设计师，他的设计风格独特，擅于将自然之美，融入建筑之中，被称为"上帝的建筑师"。

今晚入住的庇护所有点小清新

今天入住的庇护所感觉是这几天来最好的一家（潘普洛纳住的是酒店不算），入住后和同室的佛罗里达美国大妈约了一起去街上找吃的，结果两个语言不通的人一边鸡同鸭讲一边逛了一圈小镇，却也没找到吃的。西班牙的餐厅一般在晚上8点才开始营业，有的即便开着大门，也绝不会因为有客人来而提前一点时间供应餐食，真是无奈。意外的惊喜是在一个老巷子的教堂里遇见了一场当地人的婚礼，我们是饿着肚子看热闹的，但也看得津津有味。

街上没找到吃的，我和美国大妈只好回到庇护所的小酒吧，这里的餐食很单一，我点了一份西班牙蛋饼（Spanish Omelette）加一杯牛奶，就权当是今天的晚餐了。顺便介绍一下，这种西班牙蛋饼乍一看有点像是蛋糕，其实它是鸡蛋与马铃薯混合制作而成的一种糕点，也是当地最常见的一种食品。没想到的是，从此西班牙蛋饼成了我在朝圣路上很长一段时间的主食，不是因为它有多美味，而是因为它存在于几乎每一家餐馆，价格便宜又非常裹腹，通常是2-3欧元一份，而且总是会有实物摆在透明的餐柜里，我这种语言不通的人点它最简单，用手指着它再加一个英语单词"one"就解决了。

第九天 ：6月3日

星星古镇遇见 Dun

清晨出发时阳光投射在地面，有长长的影子

今天的目的地是埃斯特利亚 (Estella)，与皇后桥镇的徒步距离约有 22 公里，预计要走 8 个小时。

早上起床，身体感觉又好了很多，感冒症状几近消失，只是咽喉异物感比较严重，咽不下吐不出，这种症状后来延续了近半个月。无论如何，可以继续行走已经非常感恩了。行囊打包好，带上两瓶水、一包饼干和一个苹果就出发了，打算边走边看中途有没有吃的。

早上 7 点半离开皇后桥镇时，天空已经碧蓝如洗，美如梦幻，而太阳也已经斜照，人影投在地面上，留下的是一个长长的帅气的影子。总之，天气好得让人生出很多希望。离开古镇时经过一座古老的石桥，我在桥上停下来拍了照，又四周看看，很自然地就想起了卞之琳那首著名的《断章》"你在桥上看风景，看风景人在楼上看你，明月装饰了你的窗子，你装饰了别人的梦"。不过，此时没有明月，只有太阳，也没有窗子，只有梦里追逐的远方。默默在桥上发了一会

呆，然后开始沿着路边标注的黄色箭头和扇贝路标走向远方。

今天路上的风景是这几天以来最漂亮的，一路美景随手拍，广阔的麦田和原野是今天的主旋律，还有很多红的、黄的、粉的、白的野花在路边肆意开放。但这一路同时也是最炙热的，因为全程几乎没有什么树荫遮挡，前些天时不时会穿山越林，起码有一半的路程不用晒，今天统统没有。就这样一路暴晒，眼前除了美景，就是望不到尽头的长路，还有孤独的远方。

眼前除了美景，还有长长的路伸向远方

7个小时，在体力快到极限的时候，埃斯特利亚镇到了。今晚住的庇护所就在小镇的入口处，是临河的一栋三层小楼，分配的房间是一个4人间，听前台的西班牙小姐姐说这4人全是美女，顿时有点如释重负的感觉。

再说这边刚安定下来，刚才还烈日高照的天空，突然乌云密布，随后下了一场暴雨，心中暗暗庆幸全靠途中没有偷懒，不然就要变成落汤鸡了。

在细雨中穿过小镇古老的石桥

累极了,铺床、洗澡、洗衣三部曲后,不管三七二十一躺下就睡着了。一觉醒来发现旁边床上多了一位女士,长着一张亚洲人的脸,见我睁开眼睛,对方用中文问我是不是从中国大陆来的,我说是,她自我介绍叫Dun,湖南人,现生活在美国俄亥俄州。这段时间来,几乎没有碰到会说中文的人,一下子感觉如此亲切,似是故人来啊。两人开心地聊了一会,相约一起去逛逛古镇,顺便找些吃的喝的和明天路上要带的。

随处抬眼可见的古老建筑

此时外面还下着些零星小雨,但这也阻挡不了我俩逛街的步伐了。于我,有人讲国语,又有人帮拍照,这是多么开心的事啊。而我和Dun也就此结了一个缘份,此后在朝圣路上我们常在某个地方遇见,或相约或偶遇,俩人一起嗨过也一起同甘共苦过,这是后话了。

细雨中古老的街道,静悄悄的空无一人

埃斯特利亚有个更漂亮的名字叫"星星镇",传说在中世纪时有人发现许多星星坠落在此处,前来查看的人们见到这里有一尊圣母像,遂认为这是一种神迹,星星镇因此得名。小镇古朴安静,古老的巷子、古老的石板路、古老的石桥、古老的房子还有那几座古老的教堂,让小镇看起来依然弥漫着中世纪的遗韵,此时在黄昏零星的小雨中,更有一种过去时光的岁月感,走在其中,宛如一起走进了中世纪。

第十天 ：6月4日
开走以来最愉快的一天

今天的目的地是 洛斯阿尔科斯 (Los Arcos)，从埃斯特利亚徒步前往大约距离 22 公里。

今天早上比以往出发稍早一点，7 点钟已经在路上了。此时风景的主旋律就是遍地的葡萄园。

从小镇走出 3 公里左右，遇见了这条路上一个知名的景点——依朗爵 (Bodegas Irache) 酒庄，这里为每位朝圣者提供免费红酒，被朝圣者称之为酒泉 (Fuente del Vino)，酒泉设有两个水龙头，一边是饮用水，一边是红酒，每日免费提供红酒 100 升。我到的时候据说酒还没有准备好，拧开的龙头里出来的红酒尚成滴溚状，我拿手指去沾了一点放嘴里尝了尝，就算是喝过的意思了。传说 11 世纪的时候这里设立了一个叫依朗爵 (Irache) 的修道院，那些修道士从 12 世纪开始酿酒，不仅供应皇族，也赠予路过的朝圣者，后来这个传统就一直延续了下来。

清晨沿着埃斯特拉街道出发

著名的酒泉，走过路过没有错过

从酒泉出来后不久有个岔路口，路牌上提示将转入原始山林。我看了看前面，走着 4 个年纪稍大的朝圣者，心里马上决定跟着他们走，这样就不至于走着走着山林里就只剩我一个人了。之前曾经领教过，心里还是有点发毛。

话说这后面紧紧地跟着一个人，他们大概也意识到了，后来大家就开始互相搭话了，其中一个白衣服的女士介绍说她叫 Leslie，他们是一家人，来自美国加利福尼亚。我说我来自中国，独自一个人，希望可以跟着他们走一段。他们友好地表示 OK OK。原来这 4 位美国人是两对夫妻，Leslie 和另一个女士 Joan 是妯娌关系，他们平均年龄有 70 岁了，但是精神状态和体力都相当好，我跟着他们走是一点也不敢怠慢的，一不小心就可能被落下，惭愧得很。

大家一路上时不时互相拍拍照，沟通时手机翻译也能发挥些作用。已经 72 岁的 Leslie 是个眼里有爱说话又暖心的女士，4 个人中她对我关心更多一点，看我有点跟不上了就停下来等我，看我手里一直拿着瓶橙汁，竟然提出来要帮我背，而且一路上时不时拉着我的手，和我对话时认真倾听我的蹩脚英语，并主动拿着手机翻译和我交流。这一切让孤身一人在异国他乡行走了许久的我倍感温暖。到达洛斯阿尔科斯的时候，我和她们一一拥抱了告别，一声"see you(再见)"，或许从此天涯，或许有缘再见，这朝圣路上的奇迹，就等上帝的安排了。

山岚雾霭

路上遍地都是葡萄园

　　今天是开走以来最轻松愉快的一天，除了和Leslie一家一起相处愉快，我还第一次托运了一直背着的背包，身上一下就轻松了，还有就是，今天上午是难得的阴天，天气凉爽，一路上山岚雾霭，风吹麦浪，野花盛开，美不胜收。

　　中午一点半就到了洛斯阿尔科斯，今天一咬牙在庇护所定了个单人房，打算痛快地来个洗头洗澡洗衣服，顺便订了一份以为会好一点的晚餐，犒劳一下病后初愈仍坚持行走并有所收获的自己。谁知道最后连一块肉也没吃上，期待中的集体晚餐，不过就是色拉、面包、西班牙焖豆汤和一小段火腿肠，不能说不好吃，只是没有吃到想吃的肉。

　　例行铺床、洗澡、洗衣三部曲之后，照例去小镇走走逛逛，小镇人少很安静，但可以看到三三两两的人们在露天酒吧喝酒或聊天，一派安闲的光景。我看到，在这个中世纪的古镇，教堂是它最宏伟的建筑，塔尖直指蓝天，在阳光照耀下有一种静默的美。

洛斯阿尔科斯大教堂

　　今天运气真不错，除了遇见Leslie一家，还
碰上了小镇举办一年一度的奔牛节。傍晚时分，
我正在房间里小憩，突然听到外面鼓乐声大作，
好奇如我，想下楼看看发生了什么事，结果庇护
所老板把大门关了不让出去，看跟我讲了半天我
也不明白，干脆亲自把我领到楼上那个正对街道
的阳台指示我在那观看。只见楼下的街巷中有人
和牛在乐声中追逐奔跑，沿街房子的阳台坐满了
看热闹的男女老少，整个小镇的气氛变得活泼而
又欢快。和我一起在阳台上看热闹的是一个来自
法国的女士，我俩在阳台上看得兴致勃勃，虽然
彼此都听不懂对方，却有着强烈地交流欲望，曾
经尝试着手机翻译，但是并不通畅，最后只能放
弃。法国女士一边看一边用手机拍，拍完后给我
分享。她拍的视频非常好，见我喜欢，又没办法
转发到我手机上，就问我有没有邮箱，然后将视
频发到了我的邮箱。这种陌路相逢的分享，让我
有点感动，内心里再一次深感遗憾，因为语言不
通，错过了许多在朝圣路上与人们交流的乐趣。

安静的小镇街景

第十一天：6月5日

在洛格罗尼奥遇见 Jennifer

城市街景

洛格罗尼奥大教堂

今天的目的地是距离 30 公里外的洛格罗尼奥 (Logrono)，昨晚想了想，决定放纵自己坐一次车，找了个理由就是保护膝盖和老腰。

庇护所要求客人在 8 点之前退房，事实上 7 点半就已经人去楼空。我也在那个时间背上背包出发了。在一轮鸡同鸭讲后，我找到了公车站，看见站台上已经有几个面熟的朝圣者在等车，都是要去洛格罗尼奥的。彼此打了招呼，其中的一个韩国女士，令人印象深刻，因为她是特别柔弱和温婉的那种，我心里在想她走圣路行吗？！

昨天在网上买的是上午 11 点的车票，提早过来只是因为被迫退房后想先寻找车站熟悉一下情况，不想到了车站，正巧碰上一趟 8 点钟去洛格罗尼奥的车，看看这里候车的路友们纷纷要上车了，我临时改变主意也想坐这趟车，于是在车门打开后拿着之前买的车票冲上去对着司机一阵比划，意思是 11 点的车票是否可以乘坐这趟 8 点的车？司机先是一阵茫然，后来终于明白我的意思，于是点头 OK，我如愿坐上了这趟车。上车后那位弱柔温婉的韩国女士就坐在我旁边，她告诉我因为只有 15 天的时间走圣路，所以没办法天天行走，需要坐车。我听了有点汗颜，为自己有充足的时间却偷懒坐车感到汗颜。

半个小时的车程就到了洛格罗尼奥，这是"法国之路"上的第二个大城市，有一万多人口。我想早点到可以多一些时间看看这个城市，顺便看看有没有中餐馆，听说在西班牙，有 5000 人以上的地方就会有华人餐馆，总之，我已经非常想念中餐了。

下了车，先跟着导航去寻找预订的庇护所。不远，20 分钟就找到了这家叫 Winederful Hostel & Café 的庇护所，但来得太早尚未营业，决定先去找吃的。刚走出来转个弯，就看到了一个中餐馆，那几个汉字熟悉而又亲切。立刻走进去，毫不犹豫地点了一份炒米粉。在和老板闲聊中知道老板是浙江人，已经到这边 30 多年了。他说之前国内也有一些人来走这条路，但都选择从最后 100 公里的萨利亚镇（Sarria）开始走，（圣路上有规定，从萨利亚走到圣地亚哥是可以拿到朝圣者证书的最低门槛）。我说我是从法国的 SJPP 开始走的，虽然不一定能全程徒步，中途有些路段会坐车，但我是打算认认真真走一趟的，我希望通过走这条路了解欧洲的人文、历史、宗教、建筑当然还有其它，总之我是来见世面的。

中午 12 点可以办理入住，之后出去寻找圣路上的黄色箭头或扇贝路标，以方便明

城市街景

背着包的朝圣者

天一早顺利出行，顺便一路闲逛，看看这个城市的人文和风景。中间在这一路的逛拍中突然闪过一个激灵，发现以前总是没有方向感的人，现在怎么变得一点也不含糊了呢？说我。

逛一圈回来后，发现房间多了一个韩国女人，语言不通的我两拿着手机三言两语后，一拍即合，喝酒去！还是那家华人餐馆，两人一边喝酒一边手机翻译聊天，她说她名字叫Jennifer，曾服务于大韩航空公司，现生活在美国佛罗里达。我说我来自中国广西。有意思的是，我懂得佛罗里达，她却不懂得广西，她问我广西在哪里，我于是打开谷歌地图，告诉她中国广西的大概位置，她则是一副恍然大悟的样子。就这样，两个语言不通的人当下聊得不亦乐乎。这边啤酒刚喝完，前天在埃斯特利亚同住一屋的Dun也找过来了，还带来了一位来自德国的路友。于是，4个人又出去找了一个酒吧，点了朝圣者晚餐（Pilgrim Meal）和啤酒，继续喝，有了Dun的翻译，我的交流顺畅多了，几个陌路相逢的人在笑谈中似是故人来。

遇见Jennifer，一起相约啤酒

第十二天：6月6日

纳瓦雷特遇见韩国小欧巴

在朝阳中告别洛格罗尼奥

偶尔有人经过赶紧请人帮忙拍个人像

今天的目的地是纳瓦雷特(Navarrete)，徒步距离洛格罗尼奥约有13公里。按照计划的日程安排，今天的目的地应该是31公里外的纳赫拉(Najera)，但考虑到正在恢复的身体，决定分两天走，所以今天的路程会比较短。

依然是7点半出发，沿着城市道路的黄色箭头或扇贝路标走了差不多3公里，这才遁入原野。原野如此宽阔，路的两旁多数时候是一望无际的麦田，还有整片整片葡萄园和各种野花肆意开放。这一路是完全的一个人的时光，孤独而又惬意。总之上午的路比较平坦，而且天气凉爽，3个小时轻松到达。确切地说是正准备暴晒的时候，目的地已经到了。

不过，今天这一段路的路标不是那么明显而且少，加上路上几乎没碰到什么人（偶尔遇见一两个人赶紧抓住帮拍照）让我时时产生走错路的感觉，幸好最后总是柳暗花明又一村。到了庇护所住下来，又是大开间的上下铺。慢慢地，朝圣者们又陆陆续续的到了，今晚又要混搭了。

庇护所的正对面是一座建于1533 年的教堂，其哥特式的建筑和装饰有点气势磅礴的样子，很值得一看，我在教堂里面转悠的时候，不知从何处传来隐约的诗歌吟唱，第一次发现圣乐竟是如此好听。教堂前有个小广场，广场前种着几棵大树，树荫下摆放着几张长椅，似乎在等待疲惫的路人。

建于 1533 年的教堂，里面传出隐约的诗歌吟唱

远远看到了纳瓦雷特和它那尖尖的教堂顶

今天到达时间早，心情又好，傍晚的时候去超市买了鸡蛋西红柿和泡面，打算自己做晚餐。回来在厨房起锅烧水时碰到一个来自韩国的男生，他手里拿着一包泡面，估计也是准备要煮吃的。我用单词＋比划问他愿不愿意把他的泡面丢入我的锅里一起分享西红柿鸡蛋，他很开心地问我他需要帮我做些什么，我说吃完你负责收拾厨房怎么样？当下两人一拍即合。泡面出锅的时候我大概就知道了，他叫 Son Hyunsu，今年 26 岁，来自韩国首尔，刚考上公务员，本来计划和父母一起来走朝圣之路，结果父母临时有事，所以他就一个人来了。

在厨房里准备鸡蛋番茄煮泡面

我说我叫 Lee，有个女儿和他差不多大，可以叫我"阿祖玛"（아줌마，韩语大妈的意思），他摇摇头说还是叫 Lee 吧。两人坐在厨房里拿着叉子和手机边吃边聊，时不时佐以各种手势，我今天因为心情好，话也多起来，蹩脚的英语大声说，时不时还掺上几句从韩剧里淘来的韩语，而他总是认真地听，时不时恍然大悟的样子，也蛮有意思。临睡前，Son Hyunsu 悄悄来到我的床边让我看他的手机屏幕，原来他在上面用中文写了一段话，大意是：因为明天要走的路程比较长，所以早上 5 点他就要出发了。今天一个人走路很辛苦，但是我煮的鸡蛋泡面很好吃，让他感觉很幸福也很温暖，然后谢谢我，最后一句是 Buen Camino!（这是圣路上标配的祝福语）我看完点点头，但英文水平有限说不出太多，就简单回了一句：Buen Camino！然后各自休息去也。

第十三天：6月7日

孤独而又自由的行走

路过村庄一个庇护所的招牌

遇见一个在路边弹唱的朝圣者

今天目的地是纳赫拉(Najera)，徒步距离有18公里。

早上醒来，对面Son Hyunsu的床上已经空空如也，我也赶紧起来收拾东西然后去厨房煮鸡蛋准备带在路上吃。7点钟出发的时候，天色依然将亮未亮，感觉天阴凉爽想下雨的样子。小镇此时尚未苏醒，静悄悄地，偶尔传来一声狗叫。

我背着包沿着黄色箭头和扇贝路标穿过小镇向目的地进发，一路从公路遁入原野。不知道是不是出来太早的缘故，走了近两个小时，一个人的影子也没见着。空旷的原野，有无尽的自由，也有无尽的孤独。只有恰逢其时的黄色箭头或扇贝路标，才是心里踏实的存在。后来在路边的葡萄园里终于见到几个干活的人，心里竟然生出一种莫名的喜悦。再后来逐渐有人开始超越，我也乐得能逮着人帮忙拍照了。"please take a picture for me"这句话已经练得非常娴熟。

路上是遍地的葡萄园，一个人的时光孤独而又自由

奋力爬上一个坡顶后留影

今天路上的风景就是泥沙碎石路和葡萄园，偶尔也见到橄榄园，但路是平坦的，事实上只要路平坦，走起来就会比较轻松。这一轻松让我也有心情想点诗情画意的东西了。我想起了三毛和她的《橄榄树》——"不要问我从哪里来，我的故乡在远方，为什么流浪？为了梦中的橄榄树"……那个浪迹天涯的女子，有如她笔下的歌词一般纯粹和浪漫。西班牙是橄榄树的故乡，也许只有来过这里流浪的人，才能写出如此自由不羁和透彻灵魂的诗句吧。

在路上遇见一位法国女士，她非常洒脱，带着浓浓的法兰西风情。

一路放飞思想，不到 5 个小时即上午 11 点 45 分就到达了目的地纳赫拉。导航找到预订的庇护所，但是中午 1 点才能办入住。庇护所对面是个休闲公园，我走进去找了个长椅坐下来准备伸伸腰拉拉腿，这时发现旁边草地上一个曾经在路上遇见过的朝圣美女，正在从背包上取出瑜伽垫，铺好后开始心无旁骛地做起瑜伽来，那一招一式，熟悉而又亲切，从容而又优雅，看得我又吃惊又羡慕，这样也可以？！再看看自己这一路，为啥总要搞得像个苦行僧？！像眼前这位美女这般悠然自在，难道不也是朝圣路上一种可以有的状态吗？一连串对自己的灵魂拷问，还没找到答案肚子却开始饿了，想起背包里的鸡蛋，掏出来准备裹腹，不料敲开后发现竟然没熟，猛然想起早上煮蛋时忘了盖锅盖，好想捶胸顿足。

走进纳赫拉，这是一个安静的中世纪古镇

今天的庇护所分配到一个 4 人间，一对夫妇、一个小伙子加上我。虽然还是上下铺混搭但外面有个小客厅和一个小阳台，可以晾晒衣物，看起来很不错。收拾妥当后，到小镇走走逛逛顺便找找吃的喝的。算了算感觉有好几天没吃上肉了，今天打算无论如何要大吃一顿。奔着这个目标，在街上边走边看，竟然遇见了 Leslie 一家，原来他们刚走到这里，今晚也要住在纳赫拉，宛如他乡遇故知，大家开心得互相拥抱了一遍，约好明天早上一起出发。这下心情太好了。

今晚的庇护所

回到吃喝的主题，为了认真地吃上一顿好吃的肉，我趿拉着一双拖鞋，在街上转来转去挑来挑去，最后在选中的餐厅费了九牛二虎之力终于点上了一份牛排，并特别注明要九成熟，然后加一大杯冰镇啤酒。那个在国内矫情不爱吃牛排的人，今天竟吃了一个整份，酒足肉饱，微醺时分回去正好睡大觉。

今天的晚餐有牛排加啤酒

第十四天：6月8日

与 leslie 一家快乐同行

清晨准备出发时，阳光已经开始耀眼

跟我走吧，现在就出发

今天从纳赫拉 (Najera) 到圣多明戈 (Santo Domingo)，徒步距离 21 公里。

今天出发的时间比平时晚一点，因为约了 Leslie 一家一起走。8 点钟太阳已经开始耀眼了，我在约好的桥头等待，远远看见那可爱的一家人出现在桥上，双方都兴奋地挥着手，仿佛多年的朋友相遇，心生欢喜。

从小镇出来的时候遇见很多的朝圣者，看来多数人都是这个点出发的。

刚走出小镇，这条路就给我来了一个下马威，连续爬了两个长长的坡，爬得我气喘吁吁险些追不上 Leslie 他们。后来发现这不过是预告，中途又连着爬了几个又长又陡的坡，也是爬得我气喘吁吁大汗淋漓。

路上的 Leslie 一家

路边写着为朝圣者加油的大纸盒

今天的路坡多且长，特别是最后一个大坡估计差不多两公里长，我在踽踽爬行中想起一首久远的歌："阿门阿前一颗葡萄树，阿嫩阿嫩绿地刚发芽，蜗牛你背着重重的壳啊，一步一步地往上爬...."太形象了。

就这样，走走歇歇，顺便喘口气，当走到举步维艰、体力快要不支的时候，猛抬头，看见路边摆放着一个大纸盒，空白处分别用英语、法语和西班牙语写着一段文字，大意是：振作起来！再往前走 100 米，你会遇见托夫小山、公园、喷泉、树木与林荫，还有冷饮、咖啡、水果和手工制作的纪念品。停下来看完这段文字，大家马上兴奋起来，一鼓作气爬上了坡顶。

果然如那些文字所说的那样，这里有一片像公园一样的休闲之地，有长椅有树荫还有饮用水，已经有不少朝圣者坐在这里休息了。有人支了张桌子摆了水果、咖啡等食品饮料，可以自己取用，付费自便。这圣路上的传统，我一直觉得如此温暖，如此可爱，如此让人心生愉悦。

圣多明戈大教堂，蓝天白云下有一种静默的美

除了这几个坡，今天路上的风景和昨天大同小异，葡萄园和麦田依然是主旋律，附带路边随处盛放的野花。不同的是我今天有伴不孤独，而且是相伴甚欢的伴。Leslie一家对我充满了好奇，无数个为什么通过手机＋比划＋我的蹩脚英语来进行，最后还是不尽兴，到了圣多明戈，又请我吃了一顿午餐，这才分开回到各自的住所。

圣多明戈也是一个中世纪的古城，这个城市名字的由来很有意思。传说很久很久以前，一位叫多明戈(Domingo) 的人，为了给朝圣者提供方便，在这里沿圣路的附近修建了桥梁、医院和旅店，后来又建了教堂。他死后，人们为了纪念他的奉献，将这里连同教堂一起以他的名字命名，尊称为圣多明戈。另一个传说是，这个叫多明戈的人，为了帮助一个被冤枉的年轻人，把法官餐桌上那盘烤鸡变成了活鸡，活鸡唱起圣歌，用歌声为年轻人鸣冤，年轻人最终得以洗白。为了纪念这个神迹，这里就以他的名字命名，尊称为圣多明戈。至今，在这个城市，鸡仍然是吉祥、正义的象征。

好吧，讲完故事，让我继续回到琐碎的流水记录。今天住的是一家政府开办的公立庇护所，面积很大可以住很多人，我被分配在一个 20 人的大开间，当然也还是混搭，浴室又要排队洗澡了。这一路几乎都是住的混搭，但混而不乱，大家都在各自的地盘上井井有条的处理自己的事，不吵不闹，环境卫生也处理得很好，细微之处见修养。唯一不满意的是晚上会有打呼噜，影响睡眠。

在庇护所 Albergue Peregrinos 门前的小广场

庇护所门前就是一个小广场，这里餐厅林立，露天围桌很热闹。晚上出来觅食，看不懂听不懂点餐好困难，正在彷徨的时候，看到同屋那对来自新加坡的母女正在坐等用餐，遂上去求助。后来应邀和她们坐在一起共进晚餐，彼此畅聊各自国家的社会民情生活八卦，开心之余亦感觉颇有收获。

累并快乐着，这一天又过去了。

第十五天：6月9日

贝洛拉多再别 Leslie

开心的一天就此拉开序幕

奔向远方的我们有一种陌路相逢的欢乐

今天的目的地是一个名叫贝洛拉多 (Belorado) 的小村庄，徒步距离 23
公里。

昨天和 Leslie 一家约了今天早上 8 点钟在大教堂门口汇合一起出发，
大家准时到位，开心的一天就此拉开序幕。

起程时天气晴好，清风徐来。加上背包托运了，脚步也变得轻快。今天
的路依然是长长地伸向远方，而奔向远方的我们有一种陌路相逢的欢快。

路上的风景，与昨日相比，多了乌云与白云交错的环节，风也更强劲，吹得帽子几欲脱飞。一路上依然风吹麦浪，依然野花盛放。时不时，地平线上会出现一个人或几个人，都是背着行囊的朝圣者，由远到近然后由近到远，最后又消失在地平线上。此时彼时，原野与天空连接得如此辽阔，人在其间显得如此渺小。让我总是不由自主想起一个词：孤独，无边无际的孤独还有臆想中那种武侠小说里的天涯孤客和萍踪侠影。

下午2点钟，经过6个小时的步行，我们顺利到达目的地贝洛拉多。和Leslie一家明天就要分别了，因为我要乘车去布哥斯 (Burgos) 之后继续我的徒步，而他们明天会继续徒步两天后才到达布哥斯，然后从那里飞回美国。为了纪念一起走过的时光，我们相约一起吃了午餐，感恩彼此在路上的遇见。之后他们坚持把我送到我今晚入住的庇护所，在这里一一拥抱告别。从此，或许天涯咫尺，或许咫尺天涯，一切随缘。

一路上依然风吹麦浪，依然野花盛放

今天住的庇护所分配到一个 6 人间，全是美女，终于不用混搭了，心想晚上终于不用再听呼噜声了吧，阿门。

办好入住以后，惊喜的发现同屋有两个台湾人，她们自我介绍，一个叫淑芬，一个叫 Teresa。不管怎样终于可以有人说国语了，而且我一直想了解他们对我们的看法。收拾妥当后，和她们一起去小镇走走看看，经过教堂时，碰巧遇上一位来自德国的朝圣者在教堂里自己搞了一个小小的电子琴演奏会，邀请大家观看，进去看了听了，水平虽然一般，但演奏者很用心，感觉精神可嘉，完全配得上大家送上的热烈掌声。

贝洛拉多大教堂和教堂里的电子琴表演

路过的小镇、地上的黄色箭头、人和房子感觉如此协调

　　晚餐时独自一个人在小广场晃荡了许久，才吃上一份西班牙蛋饼。总之，看不懂菜单只能看样品，能填饱肚子也就不要奢望太多了。晚上9点多，正躺在床上假寐，外面听闻有人找我，会是谁呢？有点茫然的出来一看，竟然是Leslie来了，她说想再来看看我，再道一声再见。那一瞬间真的是又惊喜又感动，忍着眼泪和她拥抱了一次又一次。然而再如何惜别，也终有一别，可是萍水相逢的Leslie和她的家人在朝圣路上所给予我的友情和温暖，连同这段同行的经历一起，都将留在我的记忆里，余生不忘。

与Leslie一家合影，从此天涯

第十六天：6月10日
在古城布哥斯的第一次弥撒

今天从贝洛拉多 (Belorado) 坐车到布哥斯 (Burgos)，我自己定了一个规则，就是每走 4、5 天坐一次车，为了保护膝盖和老腰。今天同行的还有台湾美女 Teresa。

到了公交车站，发现坐车的人还不少。到了布哥斯下车跟着导航找到今晚要住的庇护所，名叫 Casa de Peregrinos Emaús，这是一个教堂开办的庇护所，位于布哥斯市中心。据说每天只接待 10 个朝圣者。我们到的时候还没开门营业，但见大门口贴着一张纸条，大意是这里只接待步行而来的朝圣者，坐车来的恕不接待。这下有点不淡定了，与我同车到达的巴西朝圣者 Debora 已经是第三次走圣路了，她很有经验的说，她是因为脚受伤了才坐车的，应该可以入住。我在想如果问到我，我该说什么，反正也听不懂，干脆不要这么多废话。而 Teresa 干脆不抱希望，立马行动另找住宿了。

到了时间，一个面容慈祥的老妇人打开门出来和等候在门口的朝圣者们一一问询，看着有些就直接被淘汰了。轮到我的时候，我先是亮出之前的网上预约信息（其实这里是不接受预约的，所以我的预约信息并没有得到回复），然后说我来自中国，只会说中文，希望得到帮助。大概是中国人见得少，物以稀为贵又或是其他，反正老妇人慈祥地对我笑笑，让我等等别着急，她会安排好的。结果是之前等候在门口的朝圣者们只有 4 个人被收留了，我是其中之一。

这下安下心来，收拾妥当后，打算出去走走看看。打电话给 Teresa，她也已经在附近安顿下来了，然后我们约了一起去看大教堂。有如瞌睡遇上枕头，路上居然遇见了一家香港餐厅，两个正饥肠辘辘的人立马一拍即合地冲进去，一份青椒炒牛肉，一份炒青菜加一碗白米饭，回味无穷啊。

布哥斯大主教座堂广场
（Cateddral de Burgos）

今晚入住的教堂庇护所

布哥斯街头景色

　　布哥斯算是圣路沿途上的第三个大城市，走过路过，著名的布哥斯主教座堂是不可以错过的，这是西班牙唯一一座单独列入世界遗产的教堂，供奉圣母，以规模庞大和独特的建筑而闻名。它始建于 1221 年，总建造工期长达200 年，塔尖部分建筑完成于 1567 年。1984 年被联合国教科文组织列为世界文化遗产。到了跟前，发现这座哥特式的建筑果然名不虚传，那高高的塔尖，直插蓝天白云，里里外外都有优美的线条和让人惊艳的宏伟。大教堂位于老城区，附近还有卡萨蒂利亚王宫，广场周边的老街区及石板巷弄都值得走走逛逛，除了品读历史的遗韵还可以感受当地人现今的慢生活。

第一次参加弥撒

　　今晚住的庇护所在晚饭前举办了一场为朝圣者祈福的弥撒。我是第一次参加这种活动，加上啥也听不懂，有点新鲜也有点忐忑。弥撒结束前，主办方还请我们 10 位在此留宿的朝圣者走到前台，请神父为我们祈福，沉浸在充满庄重而充满关爱的氛围中，虽然不是信徒，我还是被深深地感动了。弥撒之后是共进晚餐，晚餐由三位庇护所的义

来自不同国家的朝圣者在晚餐前互动

工张罗，其中一位就是收留我的那个慈祥的老妇人，后来得知她来自法国，另外还有两个年轻的女生，均来自西班牙本地。饭前每个人要自我介绍，还要唱歌，仔细一听，怎么全是法语啊？感觉由英语区进入法语区了，更加听不懂了。不过作为在场唯一的中国人，而且是不会说外语的中国人，大家对我都很友好但也很好奇，问题多多，手机翻译虽然发挥了一些作用，但不尽兴啊。内心再次深深地遗憾于这种不懂语言的错过。

当晚庇护所将弥撒的文字图片上传到脸书（facebook），当我看到了这些信息的时候，开心之余又有感动。作为能在这里留宿的 10 个人之一，我同样感到自己很幸运，心里再一次认定，执着 + 努力 + 勇气真的是会有收获的。而心里又一次感谢走上圣路之后，那些一直默默在关注和帮助我的人。

Albergue de Peregrinos "Emaús"
6小时

Alegría y felicidad esta tarde en el albergue! Con los peregrinos de China, Brasil, Polonia, y Francia. Se encontraban todos muy a gusto!...en la cena terminaron todo...En la oración compartieron sus penas y gozos: (una pareja va a ser abuelos por primera vez!)

庇护所在脸书上发布的信息

第十七天：6 月 11 日

同是天涯 "圣路" 人，相逢何必曾相识

早晨出发穿过布哥斯老城区

今天的目的地是奥尔尼略斯德尔卡米诺 (Hornillos del Camino)，徒步距离 25 公里。

早上 6 点醒来时发现窗外雨声大作，下大雨了，这是开始走圣路半个多月以来第一次在出发时遇上雨天。心里在琢磨着今天的行程能不能照常。此时同室的路友们开始起床收拾行李了，我本来想开口问一下这么大的雨会不会影响出行，话到嘴边又咽了下去，因为好像并没有人把这下场雨当回事，依旧在整理东西准备出发，看来都是风雨无阻，见状我也只能不甘落后了。

东西打包好后，跟着大家一起去餐厅吃早餐。早餐费用属于自动捐献性质。餐桌旁边有一个盒子，我看到大家都往里丢个 20 欧元，我也有样学样。虽然 20 欧元对于我已经差不多是一天的食宿预算了，但是有钱难买人性的美好，所以也是心甘情愿。

今天本来计划是背包的，但是看见下雨又匆匆去办了托运。7点半，穿上雨衣冒着大雨出发了。走了半个小时，雨停了，赶紧摘掉雨衣，整个人立马轻爽。布哥斯这城市有点大，开始时黄色箭头和扇贝路标一直找不到，只好开了导航跟着走，走了5公里左右才走出城外，这时候路标才开始明朗起来。

雨后清新的空气和满眼的郁郁葱葱

走出城市后很快就开始步入原野。雨后的空气非常清新，一路上都是青草和树叶的香味，满眼的郁郁葱葱。再往前走，来到大段平坦的乡野沙土路，沿途宽阔的绿色草原和黄色麦田，交织成一幅幅赏心悦目的自然风景画，路在伸向远方，而路边时不时出现大片的野花红红黄黄地在视野中怒放，让人感觉宛若走进了画报里。此时天气凉爽，身上没有负重，脚步也变得轻快，差点想唱歌了。可惜，到了10点钟左右，太阳公公现身了，出发时因为大雨没预想还会出大太阳，所以已经把帽子、墨镜、防晒霜等防晒物品都跟着背包托运，这下只能开启无遮挡的暴晒行走模式了。

风景如画，眼前是风景，头顶是烈日

到达 Hornillos del Camino，一个常住人口只有 69 个人的小村子

小村子的房子外墙涂鸦有着浓浓的宗教元素

所以，今天行走的后半段，眼前是美景，头顶是烈日，脚下是鞋子踩在沙土地上的嚓嚓声。天大地大，仿佛只有我自己一个人在走，四周全是可以触动灵魂的荒原景色，路依然是望不到尽头的远方。偶尔有一、两个人超越，很快又不见了。在这里，孤独是一种绝对的孤独，从灵魂到身体。

5 个半小时的路程，中午 1 点钟到达今天的目的地奥尔尼略斯 (Hornillos)。这是一个常住人口只有 69 人的小乡村，预订的庇护所叫 Albergue ElAlfar de Hornillos，是一座干净整洁的二层小楼，后面有个小院。下午 2 点钟之后，朝圣者们陆陆续续到达了。大伙儿收拾好后，不约而同来到小院里，晒太阳的、喝咖啡的、看书写字的，还有拉伸筋骨的，一派和谐自在的景象。后来，有人拿出尤克里里（夏威夷小吉他）和歌本，坐在院落一角，边弹边唱起歌来，唱的是美国黑人爵士乐之父刘易斯·阿姆斯特朗（Louis Armstrong）的代表作《多美好的世界》(What a Wonderful World)，小院的人们开始有感觉地随着歌声在轻轻互动了。接下来的一曲是一首老电影的插曲《Bella ciao》，（中文翻译成《啊！姑娘再见》或《啊！朋友再见》），那很有节奏感的歌声和琴声，直接把整个小院的气氛引到了高潮，大家不分年龄、国界、语言的拍手哼唱起来。不得不说，音乐的感染力就是如此的动人心弦！

后来得知这位弹唱者是法国的一名歌唱家、音乐人，他的太太写歌，他唱。他俩每天走到哪儿，唱到哪儿，活跃、温暖着他们足迹所致的圣路以及圣路上的人们。那天，我看见他的太太一直安静地坐在他的对面，一边微笑的看着他，一边轻轻地拍掌。我想，咱们《诗经》里所描述的琴瑟和鸣大概就是这样的吧。

庇护所小院里的盛会

晚饭后法国歌唱家又拿起琴来，大家又是一阵欢歌笑语，那一路身心的疲惫就在这样欢乐的氛围中消失殆尽。让人不可思议的是，这些来自不同国家的朝圣者们聚在一起，其乐融融，完全没有违和感；更不可思议的是，这些人明天又将各行其路，从此天涯。有道是"同是天涯"圣路"人，相逢何必曾相识"，而这也正是朝圣路上最打动人心的风景。

晚餐结束后法国歌唱家继续弹唱，行走的疲惫在欢乐的氛围中消失殆尽

第十八天：6月12日

走过美丽的梅塞塔高原——人、风景和古镇

背着朝阳一路向西出发

与 Dun 出发前合影

下一站是卡斯特罗赫里斯（Castrojeriz），需要徒步距离22公里。

今天和来自美国俄亥俄州的华人 Dun 结伴同行。Dun 之前在埃斯特利亚同住过一屋，彼此留了联系方式，昨天又惊喜地碰上了，相约结伴走两天。说是结伴，其实只是一起出发，目的地约在同一个地方而已。早上6点半，我们一起走出小镇，互相拍了几张照片后，就分开各自走了。圣路就是这样，一个人走才能走出自己的风景。

挥手告别了脚下的地方，整理好背包，背着朝阳，一路向西再出发。早餐打算在路上找地方再吃。

一路上，风景一如既往的美不胜收，一如既往的孤独自由，一如既往的通向天际。这里属于梅塞塔高原（Meseta Central），攻略上说过，从布哥斯开始到莱昂（Leon）之间有近180公里的路段几乎全是一望无际的山谷旷野，道路两旁只见绵延的麦田、山丘与清亮的天

在早晨的霞光中又见风吹麦浪

空，是"法国之路"最漂亮的一段。我今天开始有感觉了。

走了 10 公里左右遇见一个叫翁塔纳斯 (Hontanas) 的小镇，此时 Dun 也刚好走到在这里，而她又惊喜地碰到了之前的一个德国路友 SM，于是约了一起用餐。其间 SM 问起我的情况，Dun 大概做了介绍，他又问了我一些为什么来走圣路之类的问题，有了 Dun 做翻译，聊天顺畅多了，最后甚至聊到了默克尔以及俄乌战争，非常难得直接听到一个理性的德国人谈他们的前总理以及对俄乌战争的看法，感觉颇有收获。半个小时的用餐时间很快结束，再见时 SM 反复说了几次很佩服我的勇气，其实这也是我在路上听到最多的，大概还是因为我不懂外语，又是独自一人，而且来自中国大陆的朝圣者少之又少的缘故吧。最后彼此互道了一声"Bune camino"又各自踏上了各自的路。后来知道，SM 是一位供职于德国某大学的老师，利用假期想通过走朝圣之路来重新唤回活力、清醒大脑、思考前程、享受人生。

中午 12 点到达目的地卡斯特罗赫里斯，预订的 Albergue Orion 是一家韩国人经营的朝圣者庇护所，之前在书上看到有介绍说这里的韩餐很好吃，所以就定了这里，结果也没有让人失望，这是后话。

在路上遇见的中世纪古迹

走进一个叫翁塔纳斯的小镇

卡斯特罗赫里斯是一个有着千年历史的中世纪古镇，此时午后宁静的街上人也显得慵懒，树上时不时传来的蝉鸣声让人感觉一种夏天的闷热气息。办好入住收拾好东西后休息了一会，大概 2 点钟左右 Dun 也到了，这时候开始变天，一边打雷一边下起了雨，Dun 不甘心地拉着我穿上雨衣去镇上寻找那个传说中的苹果树教堂。苹果树教堂位于小镇边上，始建于1214 年，算算大概相当于我们的宋朝。如今一眼看过去古老而陈旧，特别是在这样的阴雨天里，更是浑身上下都散发出一种岁月累积的历史况味。

Albergue Orion 的门口右前方有一个高高的山坡，坡顶上孤零零地立着一个城堡，在无边无际的天空之下非常醒目，

在卡斯塔罗赫里斯这家韩国人经营的 Albergue Orion 里又见 Son Hyunsu

远远看过去古老而荒芜。据说这也是一座中世纪的古建筑，在 1755 年的葡萄牙大地震以及地震引发的大海啸中变成了废墟。

在外面逛了一圈回到庇护所，惊喜的发现之前在纳瓦雷特同住一屋一起煮泡面吃的韩国小欧巴 Son Hyunsu 也到了这里，原来他的脚受伤了，只能慢慢走，所以才会和我再次相遇。另外还见到了一对经常在路上遇见打招呼的黑人女士 E 和她的白胡子丈夫 J。大家互相打着招呼，相见甚欢。

晚餐那一顿韩式拌饭果然不负传说，非常美味，美中不足就是分量少了一点，对于辛苦一天而且一天只有两顿饭的我来说，吃得有点尴尬，因为似饱非饱。不过，餐桌上的氛围是相当热烈和友好的，来自美国、韩国、法国、丹麦、瑞士的路友们聚在一起，边吃边聊，时不时还来个 Cheers 干杯，而我有了 Dun 做翻译，和大家的沟通顺畅多了，席间又想起了那首被我偷改了俩字的古诗："同是天涯〝圣路〞人，相逢何必曾相识"。总之，圣路上的惊喜，总是不期而至，令人心生愉快。

同是天涯圣路人，相逢何必曾相识

第十九天：6月13日

陌路相逢却似故人

清晨沿着古镇的石板路向西出发

在山坡上远看云蒸霞蔚，辽阔的风景美不胜收

今天目的地是 28 公里外的弗罗米斯塔 (Frómista)，知道今天会走很长的路，所以早上在庇护所定了早餐顺便把背包托运了。

出发时看了看手表，早上 7 点 10 分。我比 Dun 早出发，刚走出小镇就遇见了曾经在蓬特拉雷纳 (Puente la Reina) 同住一屋来自悉尼的 SY，她在我背后大声喊着我的名字，我回头看见她，也很兴奋，两人开心地击了个掌，再一问今天目的地是相同的，于是约了一起走，美中不足就是语言不通，没法交流。不过一起默默地行走，时不时互相传递个笑脸或是帮忙拍个照片，在长长的路上相伴一程也是蛮好的。毕竟"同是天涯"圣路"人，相逢何必曾相识"。

话说刚走出小镇没多远，眼前就出现了一座小山峰，远远目测是又长又陡，临了果然如斯。中途走走停停，气喘吁吁，但从山腰高处望去，云蒸霞蔚，十分漂亮，眼前广阔的自然风光足以宽慰所有行走的辛苦。

终于爬到了山顶，欣赏美景和稍作休息之后，又开始走向无尽的长路，置身在一望无际的辽阔旷野，眼前依然是一片熟悉而陌生、美丽而孤寂的风景。

下午 2 点，经过整整 7 个小时的行走，终于到达弗罗米斯塔 (Frómista)，想想，好在背包托运了，走得不算太辛苦。而我和 SY 在路上还是选择散伙了，因为步速不一样，互相都觉得还是自己一个人走比较舒服且自由自在。当下拥抱别过，此后的路上我再也没有再碰到过 SY，大概缘分已尽，从此天涯了。

道路两旁绵延的麦田、山丘和清亮的天空

弗罗米斯塔也是一个中世纪的古镇，常住人口只有 900 人。午后的小镇，很安静，街道上偶尔才见到一、两个人。到达完成铺床、洗澡、洗衣三步曲，Dun 也到了，昨天晚上同住一屋的 Son Hyunsu 和另一个韩国女生 Ine 也差不多同时到达，4 个人不约而同的又住在同一间庇护所，惊喜连连。此时大家都饿了，于是约了一起出去找吃的，奈何小镇上的餐厅们都坚持晚上 8 点才营业。

弗洛米斯塔的夕阳斜照

和 Ine、Son Hyunsu 在一起

我们的朝圣者晚餐 (Pilgrim Meal)

没办法，4 个人只好先去周边一家营业的小超市，买了西瓜、啤酒和零食回到庇护所，在后院里先嗨皮一下。后来 Son Hyunsu 搜到有一个 6 点半开始营业的餐厅，大家又数着时间，6 点一到就马上出发去餐厅守候，到了餐厅发现门口已经有不少和我们一样的守候者了。餐厅的食物品种很丰富，还提供朝圣者晚餐（Pilgrim Meal），我们各自点了一份，有令人垂涎的牛排、面包和红酒，终于可以大吃大喝了，4 个人说说笑笑，谈笑之间，酒足肉饱，又是一段陌路相逢、似是故人的欢乐时光，而相逢的意义，在于彼此照亮，我想正是如此。

晚饭结束后已经快 9 点了，出来看看天还亮，落日余晖还正好，4 个人又一起去小镇闲逛，走走拍拍地穿梭于各种古老的街巷和建筑中，直到困了累了才回到庇护所休息。

累并快乐着，这一天又过去了。

和 Dun 在中世纪古建筑前看夕阳西下

第二十天：6月14日

不期而遇——修道院庇护所和巴西美女 Debora

今天计划到达喀尔里翁德洛斯孔德斯 (Carrión De Los Condes)，徒步距离约有 22 公里。

早上出发时，和 Dun 道了再见，因为要走的目的地不同，相约后会有期。

今天的路程一半海水一半火焰，前半段是林间小道，树影婆娑，后半段是阳光大道，毫无遮挡。太阳从 10 点钟开始暴晒，此时正好全是无遮挡的路段。走啊走啊，只听鞋子踩在泥沙的路面，沙沙作响，偶尔抬头看看风景，感觉走了好久好久好久的时候，突然地平线上出现一大片房子，像海市蜃楼一样，由远而近，原来翁德洛斯孔德斯真的到了，看看手表，5 个半小时，我记得自己长长地吐了一口气。

出发时的风景，林间小道，树影摇曳

今晚住的庇护所 Albergue Santa Clara 是由修道院开设的，其实住进这里有点阴差阳错。因为早上起来时犯了个迷糊，错把背包托运到了隔天要住的庇护所，走到中途发现这个错误，顿时慌了。为了把背包找回来，临时翻查庇护所清单，找到这家排位在第一的庇护所，请托运公司把背包转运到这里，不想歪打正着地住进了一个令我非常感兴趣的地方——修道院。在我的印象中，修道院这种地方只有在电影或小说里才

半路上的风景，阳光大道，无所遮挡

能看到，在我记忆里是一种神秘的存在，之前在千里达也住过一个修道院改建的庇护所，但它和这个修道院经营的庇护所感觉还是不一样的。总之早就很想看看修道院的真容了，毕竟在我生活的世界，它似乎从来没有存在过。

庇护所负责接待的是一个完全不懂英文的老先生，但是很和气，看我对他讲的话一脸茫然，干脆直接领着我去参观房间，并拿着手指头来比划房间的价格，我于是恍然大悟。想想这一路混搭的大开间住得太久了，干脆多花 5 欧元住个双人间。

今天在修道院开办的庇护所可以选择双人间

完成洗澡、洗衣、铺床三部曲后，躺在床上想着等会怎么出去找公交车站顺便找点吃的，迷迷糊糊中房门被推开了，一张似曾相识的面孔出现在眼前，这不是 5 天前在布哥斯同住一屋来自巴西的 Debora 吗？两个人都惊喜地叫了起来，仿佛久别重逢的朋友。更惊喜的是 Debora 懂得西班牙语，而我正想去寻找公交车站明天乘车去莱昂 (Leon)。这下好了，等她收拾完毕俩人就一起上了街，找车站连同买车票，她三下五除二就帮我搞定了。我开玩笑说她是上帝派来帮助我的，她说也许是的，然后我们相视大笑。所以说这朝圣路上的惊喜总是不期而遇，今天又一次验证了。

又见巴西美女 Debora

晚餐是从超市买来的泡面和青瓜，在厨房煮泡面的时候看到两位身材高挑、气质高雅、年龄 60 岁左右的女士，她们把端来的餐具和食物在我对面的桌上放下后开始晚餐，中间有轻声细气的交谈声和浅笑声。从俩人走进餐厅到离开，我一直在悄悄关注她们，其实她们的食物很简单，不过是色拉和披萨，但却吃得像大餐一样有仪式感，吃完后把餐桌餐具一丝不苟地擦洗得干干净净。细微之处见修养，我在心里默默为她们点赞的同时也现学现用，吃完泡面后把锅碗灶台擦洗得干干净净才离开。这大概就是榜样的力量吧。

晚餐是青瓜煮泡面

第二十一天：6月15日

巴士偶遇 Jennifer 每天都有小惊喜

今天要坐车不赶路，所以7点半才起床，而 Debora 一大早就离开了。等我收拾好东西下楼时发现已经人去楼空，行者们都已经上路了，院子里空空荡荡的，只剩下我一个人在厨房煮泡面，有个修女在楼道里搞卫生，语言不通也搭不上话，顿时一片清寂。

早晨起来窗外的风景

早上7点半，院子里已经空空荡荡

古镇上朝圣者的雕像

古镇街景处处留着中世纪的遗韵

在古镇广场上晒晒太阳、发发呆，享受
一段孤独的异域时光

古镇里走走逛逛

　　一个人孤零零地吃完早餐，然后背上背包离开修道院。此时距离发车的时间还早，于是去小镇走走逛逛。卡里翁德洛斯孔德斯是一个中世纪的古镇，常住人口不过 2000 多人，一个多小时就差不多走完了。但是小镇很安静也很干净，最简单的描述就是蓝天、白云、阳光还有高高耸立的教堂以及古今共存的建筑加上慢生活的人们，构成了这个小镇平凡而美丽的风景。

四处走走拍拍，走累了，坐在小镇广场的长椅上，晒晒太阳发发呆，享受一段孤独的异域时光，一派岁月静好的感觉。

到了车站的时候发现像我一样背包等车的朝圣者也不少，心里稍许有些安慰。想想，到今天为止已经在圣路上走了 20 天了，路程已经过半，也该休整总结一下了，而且古城莱昂 (Leon)，值得多花些时间去走走看看，再长长见识。

上车后找到座位，刚坐下抬头一看，旁边一张似曾相识的脸，这不是 10 天前在洛格罗尼奥 (Logrono) 同住一个庇护所并一起相约去喝啤酒的韩裔美国人 Jennifer 吗？两个人都为这个意外的重逢惊喜得差点叫出声来，一时感叹人生何处不相逢。Jennifer 说她的脚受伤了，打算坐车到莱昂休息几天，我也说了我的计划。两个惊喜的人，虽然语言不通，但好像有很多话想说。

车子到了莱昂，因为预订的酒店不一样，下车后，两个语言不通的人拿着手机反反复复地确认下午要碰面的时间和地点，唯恐一个闪失就找不到彼此了。最后鉴于 Jennifer 的脚伤，我决定去她住的庇护所找她。从我住的酒店到她住的庇护所，看导航相隔也不算远，步行大概 15 分钟左右，中间经过一道长长的古城墙，边走边仔细看，有一种经过古老岁月的感觉。

去看 Jennifer 的路上经过一段古老的城墙

啤酒和手机是我们交流的工具

　　Jennifer住的庇护所位于老城的小广场边上，附近有很多的餐馆和酒馆，看起来非常热闹。两个又见面的人满心欢喜地拉着手去喝啤酒，喝完啤酒又去吃拉面。"手机＋手势＋单词"竟然也聊得不亦乐乎，我们说也许是我们前世的缘份，所以今生才会在这条朝圣的路上一次次地相遇。真是"人生何处不相逢，相逢何必曾相识"。这白居易的诗，剪接一下也派上用场了。

　　总之，圣路上的惊喜似乎每天都在发生，每天清晨醒来，你都不知道今天会发生什么，但惊喜总是不期而至。

第二十二天：6月16日

莱昂古城一日游

惊艳的莱昂大教堂外景

今天在莱昂 (León)，准备来个偷得浮生一日游。

莱昂是"法国之路"上的第 4 座大城市，它在中世纪时曾是莱昂王国 (Reino de León) 的首都，历史之厚重自不言说，总之古城故事多。如今这个城市的风景结合了现代与古典的双重样貌，更是值得多留一些时间徜徉的地方。

一早起来先去了著名的莱昂圣玛利亚主教座堂（Santa María de León Cathedral）。大教堂建于 12 世纪，历时近 400 年于 16 世纪才基本落成，这是一座罗马式与哥特式相混合的建筑，它经历过中世纪战乱和王朝更替，见证了不同年代教堂建筑的演变。从外观上看，整个建筑线条优美，高高的塔尖直指蓝天，侧面看的时候，像一顶漂亮的皇冠，当然这是我的感觉，因为我目前还没见到过有这样的评论。

花了 7 欧元的门票进入教堂，可惜没有中文导览器，只好自己走走看看再百度一下长点知识。总之，进入教堂，我被这个气势磅礴的建筑和那些大量的华丽浮雕装饰、屋顶飞檐震撼到了，边看边忍不住"啧啧"赞叹，感觉这里面所有的所有，都可以堪称为人类艺术的瑰宝。难怪被称之为"光之殿堂"，果然名不虚传啊。而莱昂这个城市，除了这个熠熠闪光的大教堂，还因为位于朝圣路上，又引来了大批的朝圣者，在教堂广场上，各种背包客随处可见，非常热闹。

从教堂出来，去了附近另一个著名的建筑——波堤内之家（Casa Botines），这是高迪（Antoni Gaudí）的建筑作品之一，建于 19 世纪末，外观上看充满了高迪的设计感。

据介绍，1929 年，当地有家储蓄银行买下了这栋建筑，在不更改原设计的情况下略作修整，作为银行总部。我来到的时候看到一楼入口有高迪资讯展览，看看门票还不便宜，想想自己本来也是一个没啥艺术细胞的人，于是干脆走过路过也将就错过了吧。

惊艳的莱昂大教堂内景

继续在老城广场和周边的街区走走逛逛，东拍西拍，街头人气很旺，也是热闹的用餐和购物地点。我在路过一个商场时，进去买了一些面膜，决定从这里开始对自己的脸好一点，每天暴晒后晚上敷个面膜安抚一下。总之，这段时间以来，一直行走在山林野外或逗留在安静的小镇，这乍一来到热闹的大城市，还有一点不习惯了。幸亏有谷歌，才不会害怕迷路。

晚上拿着从家里带来的正红花油去看Jennifer，看看她的脚伤有没有好点。在那里遇见了两个台湾女生和一个韩国女生，都是独行侠。她们因为帮助行动不便的Jennifer，彼此已经很相熟了，于是大家就坐在庇护所的厨房里一起聊天，韩国女生奉献了水果和奶茶。而我这边，有了台湾女生做翻译，这聊天聊得顺畅多了，甚至还聊了聊台海，感觉她们的心态好好。不过，Jennifer的脚伤得厉害，朝圣之路也许不能再走下去了，临别时我把红花油送给了她，祝福她早日康复，然后彼此一个久久的拥抱，想着可能将从此天涯了，眼里有了一些浅浅的泪。

西班牙天才建筑设计师高迪的作品——波堤内之家（Casa Botines）

莱昂街头小憩

和 Jennifer 约上分别来自台湾、韩国的女生，我们一起喝茶聊天

　　一个人踽踽地走回酒店，依然经过那一道长长的古老的城墙。想到在这个遥远而陌生的异国古城，有几个萍水相逢的路友，如此真挚如此牵挂，孤单的心飘过一缕暖意。

　　回到酒店收拾好，睡觉时第一次忘记把手机调成静音模式，这个忘记让我在凌晨 2 点的时候及时接到了 Dun 的求助电话，让我有了一次帮助她的机会。后来想想，这大概是天意吧。

第二十三天：6月17日

阿斯托加——小城教堂多

第一次在自助售票机买到巴士票

今天和 Dun 一起坐巴士从莱昂 (León) 到阿斯托加 (Astorga)，车子就是快，半个小时车程，中午 12 点左右就到了。走出车站那一刻，看到蓝天、白云加上一幅巨大的可爱的涂鸦画，已经油然生出一种欢喜，与刚刚离开的莱昂相比，这个地方太小清新了。

今天住的庇护所位于市中心几座相邻教堂之间的巷子里，逛街非常方便，我们放下背包就迫不及待地上街了。

庇护所附近那几座相邻的教堂，都是典型的哥特式建筑，一个不比一个逊色，建筑雕刻精美绝伦，这些让人叹为观止的建筑，铺展在蓝天下岁月感十足。

整洁干净的阿斯托加街头

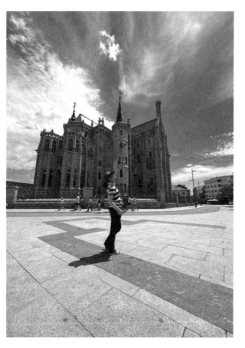

高迪的梦幻城堡

从庇护所走出来就是一条整洁干净的主街，两边商铺林立。很快我们发现这里面的每一个店面都在卖巧克力，品种多样，有些五颜六色的煞是好看。这才想起，做行前攻略的时候看到过有介绍，说这条"法国之路"上沿途会有一个巧克力博物馆，难道就是这里吗？一问果然就是。这下 Dun 兴奋起来，拉着我一起去寻找巧克力博物馆。跟着导航，在烈日下一连转过几条街道，终于看到了那个不起眼的门牌，不注意还有可能会错过。但不巧的是博物馆刚刚准备下班，已经不卖门票了，到了门口不能进去，这着实让人有点沮丧，好在肚子饿

站在教堂下面，没有宗教信仰的人也会感受到庄严神圣的气氛

了，又要忙着去找吃的，这事也就过去了。午餐是一顿地道的西班牙餐，我的中国胃只认可了那一道五彩缤纷的蔬菜水果色拉。

阿斯托加是个只有几千人的中世纪小古镇，在我看来是意外地漂亮，古今相融的建筑和高迪式的梦幻城堡，在天清气朗中佐以蓝天白云，给人一种如梦如幻的美。这一切和干净的街道、休闲的人们叠加在一起，构成一幅清新美丽的画卷。在小镇里走走逛逛，内心是由然地喜悦，总是不由自主地想

今晚住的庇护所，宽敞明亮

起那首故乡的民谣"小城故事多，充满喜和乐，若是你到小城来，收获特别多"。作为一个走过路过的行者，这种旅途中意外的惊喜，总是让人感到无比的满足。

五彩缤纷的蔬菜水果色拉和西班牙鹰嘴豆

傍晚的时候，和 Dun 两个人继续在街上晃荡，看街景，数教堂（这个小镇最少有 7 个教堂），没有目的，只想感受，直到太阳完全落下、天已尽黑时才依依不舍地回到庇护所。

这一天又过去了，今晚要好好休息，明天准备走长长的路，爬多多的坡。

第二十四天：6月18日

小村子冯赛巴东

天蒙蒙亮时准备出发

今天的目的地是冯赛巴东 (Foncebaon)，徒步距离 28 公里。

凌晨 4 点多醒来，已经有路友在悉悉嗦嗦的收拾东西出发了，感觉有点夸张，这也太早了，天还黑着呢。6 点钟起来时发现外面下着小雨，心想今天终于可以不用挨晒了。

7 点钟准时出门，这时雨停了但乌云密布，天气凉爽，走起来也无比爽快，看看四周没人，忍不住大声地唱起歌来，就是崔健那首《假行僧》，"我要从南走到北，又要从白走到黑，我要人们都看到我，但不知道我是谁"……感觉好应景，内心祈祷今天的路程就这样多好。可惜 9 点刚过，太阳又出来了，又是一场暴晒模式的行走，简称"暴走"。

厚厚的乌云下，伸向远方的路

又是一个铺满碎石块的大坡

又开始暴晒了，沿途经过带有宗教符号的风景

爬上坡顶，眼前这块路牌显示目的地到了

今天的行走，前15公里堪称轻快，打破了以往每小时4公里的记录，保持在每小时5公里左右。后面的路程开始"暴晒+爬坡"，行走速度有所减慢，但也比之前要进步很多很多。后半段以爬坡为主，记得在连续爬了几个大坡之后，感觉身体开始疲了，但导航显示还有3公里。坚持到快要精疲力尽的时候，远远又看见一个大坡，不同的是，这回是远远望见了一些零星的房子趴在大坡的顶上，导航显示冯赛巴东到了，柳暗花明又一村啊。下意识看了看时间：下午2点半。

一个只有 60 个村民的小村子

冯赛巴东是一个常住人口只有 60 个人的小村子，没啥逛的，何况刚刚暴走 28 公里，堪称惫疲。今晚的庇护所是一栋二层的小楼，办好入住后拎着背包爬上楼梯，找到分配的床位，乍一看，不大的一间屋子，满满当当地放了 20 张床还是上下铺，空间狭窄加上混搭，今晚估计呼噜声够呛。

住下来后的头等大事依然是铺床、洗澡、洗衣三部曲，然后饿着肚子等待传说中的集体晚餐。躺在小床上假寐的时候，楼下煎洋葱的香味一阵一阵传上来，肚子更饿了，口水一阵一阵咽下去。

又过了一会，Dun 也到了。她安顿好后，看开饭的时间还早，就拉着我去村子里闲逛。小村子就是小村子，这里人少房子也少，只有一个小得不能再小的超市，品种有限，不是你想买就能买的那种。但村里有一个醒目的古老教堂，古老到有点残旧了，看起来岁月漫长，倒是平添了周遭的荒芜感。

期待的晚餐是色拉、面包、火腿肠和西班牙焖豆汤，再加一盘白米饭，肉还是少了一点，好想念肉的滋味。

今晚要早点休息，明天道阻且长，而且一早将爬上本次"法国之路"的最高点，同志还需努力。

今晚的庇护所，继续混搭

第二十五天：6月19日

在铁十字架下放下执念

天蒙蒙亮时准备出发

今天的目的地是蓬费拉达 (Ponferrada)，从冯赛巴东 (Foncebaon) 徒步前往大约有 28 公里的距离，出发大约两公里便到了整条 "法国之路" 的最高点（海拔 1520 米）。

传说中的铁十字架位于 "法国之路" 最高点，是朝圣者放下执念的地方

早上 6 点钟出发，走到那里的时候天还没完全亮，但已看见有不少朝圣者从山顶的铁十字架 (Cuzr de Ferro) 走下了。据说 "法国之路" 上有个传承了几百年的传统，朝圣者会从家里带块小石头丢在铁十字架的柱子下，这块石头象征着

人生中需要丢弃或放下的不幸或负担，从此人生不再受困扰，可以轻装前进了。2010 年那部关于这条朝圣之路的电影《The Way》也有这个情节。因为知道这个典故，所以我也从家里带了一块写了字的小石头，一路背着走过万水千山，今天也把它放在了这里。上面写的那几个字，是我过去 20 年的执念，我同样希望自己从此彻底放下，既往不咎。

今天这 28 公里是翻山越岭的 28 公里，几乎全程都是铺满大小石块的石头路，而且几乎全程都是下坡路。回头想想，这种石头路走了差不多 20 公里，能够顺利地走过来，除了自己的努力，鞋子也很给力，一双好的徒步鞋是多么地重要，想起来心里就很感恩那个送鞋子的人。

每一个大坡都是一个考验

在铁十字架放下我的执念

113

蓬费拉达市内有中世纪遗留的古建筑

这一天走下来，记不得翻过了几座山，只记得一步一步走出大山，看到最近目的地莫利纳塞卡 (Molinaseca) 小镇就在眼前的那一刻，意志力差点崩塌瓦解。但是在小镇稍作休息，又马上要提起精神再出发，因为目的地还在7 公里之外。

一个人继续踽踽独行，烈日伴随着余下几公里的长路，一步一步走向前方。总之，感觉今天是继刚开始翻越比利牛斯山后第二难的一天，幸好早上机智地把背包托运了，不然真的会叫天不应叫地不灵。

下午 2 点半终于来到蓬费拉达，看了看时间，从出发到现在整整 8 个小时。尽管已经疲惫不堪，但铺床、洗澡、洗衣三部曲仍是住下后的头等大事，忙完已是下午 4 点多，此时 Dun 也到了，两个人约了出去找吃的，可是这个点已经找不到吃的了，之前说过西班牙的餐厅都是晚上 8 点才营业，而且今天周一又有很多餐厅休息。当下又饿又累，真真切切体验了一把有钱也买不到吃的感觉。后来我俩一时兴起，决定去超市买东西回来自己做，刚好今天的庇护所有很不错的厨房。

　　到了超市，推了购物车一顿拿、拿、拿，等到要买单的时候，看着购物车里的一堆东西，两人突然都泄气了，互相问了一句：今天走得这么辛苦，为什么还要煮得这么辛苦？于是又一起动手把购物车里的东西放了回去。最后决定等到8点钟再大吃一顿。

　　蓬费拉达是一个中世纪的古城，市区有很多的古建筑，历史况味浓厚，可是对于当下饥肠辘辘的人来说，心思实在没办法都集中在这些历史况味中，眼睛多数时候还是看向各种餐厅。后来回想其实还是蛮遗憾的。

　　晚上8点，终于在餐厅林立的小广场吃到了心心念念的牛排，这是一顿记忆深刻的晚餐，在以后的日子里估计会经常被想起。

蓬费拉达的教堂广场，写满朝圣的宗教元素

第二十六天：6月20日

来到《西班牙寄宿》——别尔索自由镇

沿途经过的各种小镇

今天早上7点钟出发，目的地是别尔索自由镇 (Villafranca del Bierzo)，徒步距离27公里。

昨天是各种翻山越岭，今天是各种穿越小镇，路不难走，奈何双腿已经在昨天走得半残，没法轻松上路但还是走走停停坚持走到了目的地。

走在这条长长的朝圣路上，每天都有不一样的风景，今天也是如此。今天的风景主要是小镇风光，沿途时不时遇见的樱桃树，果实累累，红艳艳地令人垂涎欲滴。还有树上结满了小李子、小青梨、和小苹果的各种果树，可可爱爱地在路边垂挂着无人问津。那些偶尔超越的朝圣者，彼此互道一声"Buen Camino"，同样令人心情愉悦。总之今天这一路上都是满足而又疲惫的走着。

沿途遇见的樱桃树、苹果树、李树结满了果子，生机勃勃

路上经过的一个古老的教堂，看起来岁月长久

中午一点半到达目的地别尔索自由镇，这里是韩国综艺节目《西班牙寄宿》的拍摄地，因为出行前认真地看过这部综艺，所以走进小镇就有种似曾相识的感觉。据说这档综艺节目在韩国大火，顺便也带火了"法国之路"，所以一路上见到的韩国人很多。当然这只是原因之一，事实上韩国信基督教的人也很多，所以多人了解这条路，愿意走这条路也就不奇怪了。此次朝圣之路，别尔索自由镇是我计划中的必留的地方之一。

走进别尔索自由镇，入口处一栋古老的建筑，恍如时光隧道

今天的庇护所有个漂亮的院子

　　今天的庇护所乍一看有点海边度假村的感觉，有个很漂亮的大院子，老板也很热情，美中不足就是没有地方晾晒衣物，有点尴尬。但今天终于可以不用像昨天那样饿着肚子四处觅食了，因为庇护所老板说他妈妈是一个很棒的厨师，能做出很多美味的东西，他非常自信地说，不好吃不收钱。这些话对于行走了一天又饥肠辘辘的人来说是相当有诱惑力的，所以在把自己收拾妥当之后，我就开始在院子里发呆坐等美味时光的到来。话说这发呆的当儿，Dun 到了，两人见面一起开心地击了个掌，然后一起等待传说中的美味大餐。结果是，老板他妈妈做的牛排和色拉确实不错，必须点赞。

晚饭后，和 Dun 坐在院子里，有一搭没一搭的闲聊。这个时候，Mia 打来电话，说她也来到了这个小镇。Mia 是两天前在路上碰到的，她是长春人，目前生活在爱尔兰。我们邀请她过来一起喝两杯，她如约而至。当下，我和 Dun、Mia 三个来自不同国度、原本并不相识的中国人，一起坐在这个西班牙小镇的某个转角处，天南海北把酒言欢，完全没有违和感，眼前两张陌生而又熟悉的脸，忽而会像在梦里一样变得不太真实。"人生何处不相逢，相逢何必曾相识"说的就是这种意境吧？

今晚的美味时光，老板妈妈做的牛排和色拉

第二十七天：6月21日

上午：偷得古镇半日闲

充满岁月感的古建筑

带着朝圣符号的街头建筑

听闻别尔索自由镇是个美丽的童话古镇，加上韩国综艺的影响，今天特意留了半天时间在小镇走走逛逛。打算来一次"偷得古镇半日闲"。

今天稍微可以睡一下懒觉，起来收拾好东西后，我和 Dun 就相约着展开了小镇的观光探索之旅。第一个要探索的就是《西班牙寄宿》的场景地——尼古拉斯教堂和修道院。

这栋建于 17 世纪的古老建筑占地广阔，颇为壮观。如今，教堂依然是教堂而修道院已改成朝圣庇护所，名字叫"Albergue San Nicolas el Real"。这里由于出冬季不营业，2019 年被韩国综艺节目《西班牙寄宿》租下作为拍摄地，现今已恢复常态，并在夏季正常营业。

自从节目播出后，几乎每一个韩国朝圣者都会到此造访，作为哈韩一族的我，也未能免俗的要来走一走、看一看。

曾经被《西班牙寄宿》摄制组租用的Albergue San
Nicolas el Real的大门（上图）和小门（下图）

　　来到沿街那个在屏幕上已经熟悉的大铁门，只见门半开着，推开就直接
进去了，往前走是一个又长又宽的院子，周遭及建筑看起来很古旧，满满的
岁月沧桑感。再继续往前走，看到庇护所的大门虚掩着，无人值守，试探性
地推门进去，里面空无一人，朝圣者们应该早就出发了。再大着胆子四处走
走看看，发现这房子外表虽然古老，但里面非常干净整洁，甚至颇具现代感。
正想多拍几张照片，出来了一个管理人员模样的女人，看到我们在这里晃荡，
一问不是住客，就把我们请出去了。

　　被请出来后，我们转到另一边教堂的正大门，刚好碰到两个美女朝圣者
背着包（背包上挂着扇贝的就是朝圣者的标志）打开门从里面出来，应该是
正准备上路吧。一打听，原来是来自美国新泽西的一对母女，昨天晚上就住
在这个庇护所。听起来，她们对这里的住宿评价很好。

在充满岁月感的小镇闲逛　　　　　　　　　阳光剪影中的每一个角落都显得兴趣盎然

　　站在教堂大门的高处，几个陌路相逢的女人一边闲聊一边拍照。我们聊起了这个古镇，传说自中世纪起，由于朝圣之路的发展，这里就陆续出现了旅馆和医院等，为朝圣者提供必要的帮助。这一千多年来，朝圣者从来没有间断过，这里年复一年，发展到最后成了一个功能齐备的美丽小镇，历来深受朝圣者的喜爱。闲聊之间我瞥见不远处山坡上的林子间错落着几间色彩鲜艳的房屋，意境好好，心想能把生活与自然连接的如此紧密的人们，肯定都是热爱生活的吧。

　　与新泽西母女告别后，我和 Dun 开始在小镇游荡。那些充满岁月感的建筑与幽静的石板路巷弄，叠加起来让小镇像一个遗世独立的部落，时不时有人来车往，安静但不荒芜。而阳光剪影中每一个角落都显得趣意盎然，让人不想离开。当下不禁暗暗佩服韩国人节目的选址眼光。

第二十七天：6月21日

下午：最靠近终点的起点——萨利亚

今天入住的 Don Alvaro Albergue 门口的巷子

每个古镇的街巷间都少不了有一个教堂

中午时分，我们徒步走到位于小镇边上的公交车站，昨晚已经打听好路线，要先坐车到卢戈 (Lugo)，再转巴士去萨利亚 (Sarria)。卢戈是一个中转大城市，也是一座中世纪古城，如果有时间的话，可以顺游当地许多古罗马时期的遗迹。但我们在卢戈车站买好车票后，等车的空档只够吃一碗意面，所以只能很遗憾的错过了。

到达萨利亚的时间已经是下午4点。因为刚从美丽的别尔索自由镇过来，这里相形之下略显平凡。但它也是一个中世纪的古镇，老教堂、老建筑以及那些石板巷弄也是一样也不少。

又见到一座看起来岁月悠长的古老教堂

今晚的庇护所名字叫 Don Alvaro Albergue，是一栋二层小楼，前台胖乎乎的老板娘一脸和气。我被分配在二楼一个 8 人房的大开间，依然混搭。

听说这里的章鱼料理很有名，住下后例行铺床、洗澡、洗衣三部曲，之后就和 Dun 一起上街了。街上的餐厅很多，好像也没有了晚上 8 点才开业的传统，大概因为这里是各方朝圣者的汇集之地，餐厅生意主要以朝圣者为主，所以也就不那么严格的讲究营业时间了吧。

但选择一多，就有了选择困难症。我们沿着古镇的街巷逛上逛下，选来选去，直到天下雨了才最后选定一家餐厅坐下来，点单时第一个就点了章鱼料理，等到端上来，我只尝了一口就打住了，Dun 连吃了几口之后，沉默了一会问我：这个章鱼是不是有点异味？我马上举双手同意，然后两人一起纳闷了：传说中那么好吃的东西怎么会是这种味道的呢？莫非点错了又或是这家厨师做得不好？问题没有现成的答案，但我从此再也没吃过西班牙章鱼料理。

和 Dun 在一起的开心时刻

端着老板娘自酿的果酒，庇护所里的无国界快乐时光

　　晚上逛回来，看见一楼厨房的壁炉里柴火已经烧旺，老板娘正拿出自家酿的果酒，招呼客人们一起享用。来自不同国家的朝圣者们坐在壁炉边，一边品酒一边笑谈，我和 Dun 也开心地加入其中。热情的老板娘不停地给大家斟酒、劝酒和拍照，原本素不相识的人们就像多年的朋友一样坐在一起，欢乐和谐。这场在圣路上才会出现的无国界盛宴，如此温暖，如此和煦。让我有一种想把这一切都记录下来的愿望，我想在余生的记忆里时常能想起这样的时光。

　　萨利亚是个很有意思的地方，从法国小镇 SJPP 起程的朝圣者到了这里已经是准备走向终点圣地亚哥并领取朝圣者证书了，比如我。而很多以这里为起点的朝圣者正在开始他们的朝圣之路，他们将从这里启程走完圣路最后的 115 公里到达圣地亚哥，并凭据沿途的印章记录领到朝圣者证书，因为这是领取证书的最低门槛要求。

　　明天我将从这里开始，连续 5 天冲刺本次"法国之路"的最后 115 公里。

第二十八天：6月22日

白色小镇的端午节

一早出发，从穿过林间小道开始

路上遇见许多青春飞扬的中学生去朝圣

今天的目的地是波尔托马林 (Portomarin)，徒步距离23公里。

早上7点出发，路上的风景从穿过密林开始，之后又穿过一个又一个的小村庄，感觉和之前走过的风景好像分了界，特别是沿途牛屎很多，味道几乎伴随一路，可惜了周边绿树、青草、麦田、野花传来的原始而清新的气息。

今天行走的路上遇见一个当地中学生的朝圣团，也是背着行囊去圣地亚哥 (Santiago)。他们三五成群，一路叽叽喳喳。自从走上圣路以来，难得在路上没有孤独的感觉。看着那些青春飞扬的孩子们，心情也变得好起来。

之前攻略就知道，从萨利亚 (Sarria) 开始，会有四面八方的朝圣者在这里汇合，然后走向圣地亚哥。今天一路走来，除了人开始多起来，沿途各种村庄和小镇也开始多了起来，总之感觉和之前走路的氛围的确是不一样了。

　　今天又是暴晒的一天，但天空依然蓝得有如梦幻。中途经过一座漂亮的桥，桥下有人在游泳，桥上有人在看风景，很像卞之琳《断章》里描述的画面。过了桥是途经的一个小镇，我在小镇广场坐下来，好好地享受了一顿自带的干粮（面包、水果还有橙汁），顺便把劳苦功高的双脚拿出来放放风，很久都舍不得离开。

　　到达波尔托马林的时候已经是中午一点半。穿过小镇入口那座长长的桥，一路找到庇护所住下来，依然是铺床、洗澡、洗衣三部曲之后出来走走逛逛，顺便找些吃的喝的来填饱肚子。

穿过这座长长的桥，对岸就是波尔托马林（Portomarin）

小镇的午后安静得仿佛只有白花花的太阳

午后的小镇安静得仿佛只有白花花的太阳。在一家下午营业的餐厅问到了有吃的，坐下来点了意面和橙汁，开始享受一段小镇休闲时光。这时手机上看到各种朋友圈，才想起来今天是端午节，但这里没有粽子只有意面。这个节日，虽然独在异乡为异客，但我并没有什么孤独的感觉，反而很享受。这大概就是朝圣之路给我带来的身心灵的愉悦吧，总之累并快乐着。

波尔托马林号称白色小镇，据说这里曾经被洪水淹没，目前我们所在的地方是后来重新建造的，整齐有致的白色建筑与街道，看起来十分迷人，很适合拿着各种五颜六色的纱巾沿街摆拍，可惜当下我除了两件换洗的T恤，就没有多余可以穿戴出镜的东西了。

小巷的两旁都是以白色为主调的房子

庇护所门前小巷里的风景

独在异乡为异客的端午节大餐

　　晚些时候 Dun 也到了，我们一起去超市买了樱桃，然后在日落时分坐在庇护所门前的凳子上纳凉，享受甜美的樱桃时光，顺便欣赏到小镇居民在眼前的巷子里热热闹闹排练舞蹈的盛况，那些跳舞的人们，无论男的女的胖的瘦的，人家全不介意，感觉相当拉风。后来 Dun 打听到小镇最近准备举办一个传统的民俗活动，这些居民正是为了这个活动在排练。一直传说西班牙人很自嗨，这下也算见识了。

第二十九天：6月23日

新鲜体验——与朝圣学生军共住一室

一早出发，走进大雾弥漫的田野小径

今天的目的地是帕拉斯德雷(Palas de Rei)，徒步距离27公里。

昨晚被一个拉风箱式的呼噜声吵得一夜无眠，被迫5点多就起床收拾行囊了，待6点钟出发时天尚未全亮，但不少朝圣者已经走在路上。此时雾气浓重，一路上走过田野小径，走过林间小路，全是雾气弥漫的风景，有点倩女幽魂的感觉。但路上总有人就不会感觉孤独。9点钟左右太阳出来了，云雾开始散去，天空又开始蓝得像梦幻一样漂亮。

大雾中偶尔可见三三两两的朝圣者

9点过后，渐渐云开雾散，天空又现梦幻蓝

今天在路上又遇见了昨天的那一拨学生军，差不多近百人的队伍，好不热闹。Dun 从带队老师那里了解到，这些都是来自马德里的高二年级学生，假期由学校组织从萨利亚 (Sarria) 开始走朝圣之路，目的地和我们一样。这些学生由 5 个老师带队，看他们一个个穿着运动短裤套装背着大背包，三三两两地结伴同行，没几个戴眼镜的，看起来健康文明有礼貌。

今天住的Albergue Zendoira 像胶囊旅馆，和朝圣的中学生住在一起，一言难尽

今天路上的风景主要是小镇和村庄，路上的人越来越多，身边时不时总有人超过，或者自己也在超过别人。

今天住的Albergue Zendoira 有点类似胶囊旅馆，到了才知道这里还住进了另一拨朝圣的中学生，也是老师带队，我住的那个房间共有22 个床位，除了我之外，其它全部被学生和他们的带队老师包了，男生女生，床边堆着背包，洗澡的、换衣的、说话的……叽叽喳喳，那个场景不是一般的热闹，幸亏我早到一步已经先行了三部曲，不然够呛。不过，看他们的相处和交流方式，有点大开眼界的感觉，本来想过是不是要换个房间，后来想想反正也就是睡一晚，而且这应该是个难得的体验。

房间实在太杂乱，语言不通又没法交流，想了想干脆去逛超市，结果买了鸡蛋番茄青菜和泡面，回来自己煮面吃，我的中国胃告诉我，它比意面好吃。

晚上七点钟，Dun 发来信息说她到了，住在另外一个庇护所，给我发了定位。她说从超市买了食材，邀请我过去一起做饭吃。我虽然已经吃饱了，但架不住她的盛情，就拿了余下的鸡蛋和青菜去会她。Dun 住的庇护所在一个坡顶上，旁边是一个大教堂。庇护所一进大门就是开放式的厨房，此时厨房里热闹非凡，君不见，来自世界各地的朝圣者们，一拨一拨地在轮流做饭，出品也是五花八门，异域飘香。这样的场景，这样的际遇，如此有趣，如此欢乐，实在难得！

Dun 做的是蛋炒饭，我带来的鸡蛋和青菜也被丢了进去，出锅的时候一阵香，那是我们喜欢的中国特色，好吃看得见。

吃完后迎着晚上 9 点的夕阳，悠哉游哉地独自走回住所，一边走一边想，这种不知魏晋的日子，给我带来了什么呢？第一感觉是——做自己，好自在。总之，这一天又过去了，距离终点又前进了 27 公里，明天开始进入 3 天倒计时，心里竟然隐隐产生了一种不舍，我知道，那是一种行将结束的不舍。

第三十天：6月24日

烈日下有点乏善可陈的一天

经过一个叫梅力德（Melide）的城市

今天的目的地是阿尔苏阿（Arzúa），徒步距离30公里。

这几天开始感觉天热了，不到10点钟就已经开始暴晒，我巴不得将身上每一寸皮肤都遮挡起来，所以也总是走得大汗淋漓，不像那些老外，怎么凉快怎么穿，完全不在意阳光的暴晒。这一路上好在有韩国人作陪，她们和我一样也是把每寸皮肤都遮挡起来的，所以我还不算异类。总之，好在圣路上已经进入倒计时，不然每天这样暴晒能否坚持下去将是一个不小的考验。

今天中途经过一个叫梅力德（Melide）的城市，记得城市的入口处有一座中世纪的四孔拱桥，非常漂亮，因为没打算逗留，我直接循着路标穿过这座桥和这个城市，走出市区的时候，连续经过两座和教堂连在一起的墓地，周边寂静得让我嗖嗖地加快了脚步。

最近每天都能看见天空呈现的梦幻蓝

路上偶尔可见需要选择的路段，或选择风景，或选择路程长短，结果都是殊途同归

穿过树林中的小路

　　今天一路上风景如昨，记得穿过许多农田与村庄，还有一条又一条的林中小路。只是一路上多数时间是低头看路看手表，听鞋子踩在沙土路上的嚓嚓声。暴晒模式的行走让人的思想也变得有点木讷，回想今天实在是有点乏善可陈，唯一

惊艳的是 Albergue Ultreia 餐厅的牛排很好吃，尽管这块牛排对于一天行走下来饥肠辘辘的人来说是薄了一点，但确实要点赞。最近天天想吃肉，似乎这一生都没有对肉食有过如此强烈的渴望，听说这是身体在呼唤蛋白质了，那现在每天都渴望吃橙子喝橙汁，那一定是身体在呼唤维生素了。看来，这每天高强度的行走，身体的消耗还是不小啊。

今天的晚餐：牛排＋橙汁，好吃看得见

今晚庇护所的白色小架床，有空调，不用混搭，一种简单的幸福

今晚的住宿看起来也不错，8 个床位的房间还没有住满，白色的架床挺别致的，意外的是竟然还有空调，卫生间干净宽敞，有点住大酒店的感觉。例行三部曲之后，把洗好的衣服晾在满是阳光的院子里，衣服很快就洒满了阳光的味道。几个老外朝圣者在院子的荫凉处安静地看书和喝咖啡，一派岁月静好的样子。

今天依然是一段长长的路，走在路上却感觉有点兴趣索然，怪太阳太晒让人变得木讷，其实是，走了一个月，可能疲了。后来有人跟我说，当你对一段旅程开始产生一丝倦怠或一丝麻木的时候，这才是真正的旅程开始了……这么哲学的问题，混沌如我，琢磨了好久。

第三十一天：6月25日

出发！终点前哨站

天没亮就出发，路灯下醒目的黄色路标引导朝圣者走向正确的远方

和 Arna（右一）、Yuria（右三）一起

今天的目的地是培德若佐 (Pedrouzo)，又被称为"终点前哨站"，从阿尔苏阿 (Arzúa) 徒步前往大约有 20 公里。

为了防晒，凌晨 5 点多就起床，不到 6 点就摸黑出了门。出门不久，看看路的前面走着两个美女，赶紧追上去主动搭讪，问是不是可以结伴走一程，因为看地图出了小镇就要进入一片林间小路，这时天还黑，一个人走心里会发毛。两美女很友好，于是边走边聊，对方说她们来自波兰，我顺口说现在俄罗斯与乌克兰打仗波兰就在旁边啊。矮个子美女说她叫 Arna，就是乌克兰人，现在生活在波兰；高个子美女说她叫 Yuria，是俄罗斯人，现在也生活在波兰。我一听顿时来了精神，请问是不是可以问一些关于乌克兰的问题？回答 OK。Arna 主动说，我们可以到前面的小镇一起吃早餐，边吃边聊。我说这简直太好了。

吃早餐的时候，我来了一个采访式的边吃边聊，突然感觉自己其实也蛮合适做记者的。Arna 说，她的父母还在乌克兰，因为俄罗斯的入侵导致他们的生活陷入困境，战争使他们的国家支离破碎，人们流离失所。她们这些生活在波兰的乌克兰人都在记挂着祖国和亲人。俄罗斯人 Yuria 说，她反对战争，他们全家包括很多的俄罗斯人也都反对战争。她说尽管两国发生了战争，但她和 Arna 仍然是好朋友，这次就是两人约了一起来走朝圣之路的。

因为英语水平太有限，我只能简单地告诉 Arna，我一直在关注俄乌战争，希望她的祖国尽早走出战争的灾难，并请代向她在乌克兰的父母以及家人问好。那个瞬间，我看到 Arna 的眼里有泪，她回了我一个紧紧的拥抱。

经过小村子，看到房子外墙有鞋子装饰的风景，充满趣味

吃完早餐出来，路上的人渐渐多了起来，我们要走各自的路了，临别的时候，彼此又一次紧紧的拥抱，我从心底给 Arna 和她的祖国送上我诚挚的祝福。

话说今天为了防晒起个大早，没想到一个上午天气都超凉爽，加上昨天吃了牛排，一路步履轻快，一口气就走了 15 公里，快到培德若佐的时候，太阳公公才开始探出脸来，天空才又出现了梦幻蓝，简直有如神助。美中不足的是，中途有一段时间天上乌云密布，让我有点心慌，因为今天刚好把一个月来一直背在包里但没派上用场的雨衣托运了。

接近终点的路上，时不时可以看到有为朝圣者护照盖图章的摊点

今晚入住的Albergue Miradorde Pedrouzo 有点度假村的感觉

5个半小时到达目的地培德若佐，这也是圣路终点前的最后一站。当下跟着导航找到了今晚要住的庇护所 Albergue Mirador de Pedrouzo，走近大门一看，有点度假村的感觉，再走进去发现还有游泳池和一个大大的院子，不由感叹一下，这一路走下来住得越来越好了啊。

办理入住的时候惊奇地发现前晚在帕拉斯德雷 (Palas de Rei) 同住一屋的那拨学生也住在这里，幸好没有再安排和他们同住一屋，想起都心有余悸。但庇护所的游泳池因为他们的到来已经炸锅了，青春无敌的孩子们让老师也一脸无奈。

今天出发得早到达也早，看看阳光这么好，铺床、洗澡、洗衣三部曲之后顺便把鞋子也洗了，感谢它这一个月来把我的脚侍候得这么好。回想这一路，看到太多的人有

过脚底起泡或脚受伤的经历，而我的脚自始至终没有起过一个泡脱过一点皮，这鞋子绝对功不可没。看着那双洗得干干净净的鞋子摆放在阳光下，我心里充满了感恩，希望明天继续穿着干净的它走向此行的终点。

接近终点站的时候，人已经晒得黑亮

　　晚上躺在小床上辗转反侧，想想，到今天为止，已经在圣路上走了31天，一切都是想象的那样，一切又都不是想象的那样，答案是没有现成的，但你已走过。

　　明天继续早起，最后20公里，走向朝圣之路的终点——圣地亚哥 - 德孔波斯特拉 (Santiago Compostela)。

第三十二天: 6月26日

到达终点——Santiago Compostela

天没亮就出发，胜利就在前方

一路沿着路标前行

今天是朝圣之路的最后一天，也是五味杂陈的一天。想想，从5月26日抵达圣让皮耶德波尔（Saint Jean Pied de Port）到27号起程再到今天，我在这条路上走了已经整整一个月了。昨晚几乎没有怎么睡着，各种回忆片段，思绪万千，有激动有兴奋，更多的却是行将结束的不舍。

凌晨5点就有人起床收拾东西出发了。我想反正也睡不着了，干脆起来吧。出发时正好六点，背着包走出庇护所大门，此时天还没亮，街灯依然，但路上已经看到有很多的朝圣者了。

今天的徒步距离是20公里，然后到达此行的终点圣地亚哥（Santiago）。

在街灯下仔细辨认着黄色箭头和扇贝路标，然后迈着坚定的步伐向目的地进发。走出市区，即转入林间小道，之后经过一个又一个的村庄和小镇，沿途人越来越多，有烟火就不会孤独，这是越来越接近终点的风景。但我今天没有太多的关注风景，更多的是思绪万千。

即将走进目的地——繁星旷野的圣地亚哥

我的朝圣者证书

一路放飞思想一路数着路牌，脚步竟然是如此之轻快。等看到距离目的地 5 公里标志的路牌时，停下来仔细地看了又看，突然间有一种迷朦的感动涌上心头，没来由的想哭，觉得眼泪已经聚集，随时夺眶。拿出手机，很想和谁说点什么，结果什么也没说。带着这种百感交集的心情继续余下的路程，直到远远看见那个此行的终点——圣地亚哥，然后跟着朝圣的人流一起，迈步走进城里。

预订的酒店在圣地亚哥 - 德孔波斯特拉大教堂 (Santiago de Compostela) 附近，一路跟着扇贝路标，很容易就找到了。我这边安顿好后，Dun 也到了，她住在另外一个庇护所。两人商量先碰头吃了中餐，下午一起去大教堂办理朝圣者证书。

因为之前已经在网上填报过资料，所以到了朝圣者办公室，我们很快就办好了朝圣者证书。拿到证书，看了又看，有点百感交集。还有那本从 SPJJ 开始就一直攥着的朝圣者护照，上面的一个个图章也印证了过去一个月的足迹，正如我们桃园结义老大徐新所说，这一路都是陌生而熟悉的旅人，这一路都是陌生而熟悉的他乡，这一路都是前世今生的相逢。除此，这一路平安顺遂，这一路苦乐由我，这一路今天结束，这一刻我心中充满感恩。

从朝圣办公室出来，一路走向那个心心念念的圣地亚哥 - 德孔波斯特拉大教堂，再一次百感交集，说不出什么，就是想疯狂一把。教堂前的广场上一如传说，集聚了来自世界各地的朝圣者，拍照的、静坐的、躺平的，非常

无以言喻的激动，我也聊发少年狂

热闹。我和 Dun 也在那里互嗨了一把，拍照、录像、欢呼、跳跃、躺平，感觉像孩子一样地兴奋和欢乐。等到安静下来，两人坐在广场上，我跟 Dun 说我快到圣地亚哥的时候有一种莫名的感动然后莫名的想哭，她说她已经躲进树林里哭过一场了。我觉得她真的应该哭啊，因为我知道这趟朝圣之路的后半段她是赌上生命在走的，了解内情如我，每天提着心关注她的身体情况，而她也在不时关注我一个人在路上语言不通有没有遇上困难。两人就这样互相打着气一起走过，多不容易，所以，哭吧，一起，相逢的意义不就在于彼此照亮么。

晚上回到酒店，再次把朝圣者证书和朝圣者护照拿出来，看了又看，那些行走的日子又一幕一幕地交替着出现在眼前，继续百感交集。想想，当初决定来走朝圣之路的时候，感觉困难是如此之多，语言的、身体的、饮食的、环境的等等，一切都是已知和未知，但还是下了排除万难的决心出发，没想到我竟然真的可以成功了，所谓"世上无难事，只怕有心人"，而这到底是一种什么神奇的力量，总有一天我会明白。

不管怎样，今晚一定要做个好梦。

和 Dun 在大教堂广场

第三十三天：6月27日

来到世界的尽头

准备出发前往菲尼斯特拉，又称"世界的尽头"

西班牙圣地亚哥朝圣之路的零公里，即圣路的尽头并不在圣地亚哥（Santiago），而是在距离它近100公里的菲尼斯特拉（Finisterra）。这里曾经被古罗马人认为是世界的尽头。抵达圣地亚哥的朝圣者们通常会有两种选择，一是继续徒步去菲尼斯特拉，二是坐巴士去，我是第二种。

前一天下午在朝圣者办公室领完证书后，就在旁边的游客中心买了第二天去菲尼斯特拉的车票。话说当时看了车票有点懵，因为攻略上写的都是"Finisterra"，车票上写的却是"Fisterra"。这到底是不是同一个地方？再三跟售票的美女确认没错之后，这才放下心来。然后在网上一搜，原来Finisterra是西班牙语，Fisterra是加利西亚语。

菲尼斯特拉海边广场的雕像

同样写满古老历史的古镇

菲尼斯特拉是加利西亚东边的小镇，在地图上看，它状似犀牛般的头颅，勇猛地探入浩瀚的大西洋。前面说过，因为古罗马人误认为这里是陆地的终点，于是将它命名为"Finisterra"，意思是"大地的终点"，也翻译成"世界的尽头"。很多历史学家认为，前往菲尼斯特拉朝圣的传统在基督教确立之前就开始了，那些更远古的人们自发徒步到这个西边的海角，朝拜大地的终点。后来这个传统与圣地亚哥朝圣之路（Camino de Santiago）结合在一起，成为圣路的延伸路线，也被称为"世界尽头之路"（Camino de Finisterra）。

通向零公里的路

海边耸立在巨石上的十字架

今天起个大早，往返近 6 个小时的大巴，就为一睹这个传说中的世界尽头，同时为这次朝圣之路画上一个完美的句号。

上午 9 点钟的巴士从圣地亚哥出发，11 点到达菲尼斯特拉。下了车，看不懂听不懂，我就只管去寻找那一个熟悉的扇贝和黄色箭头，事实证明这是正确的，继续跟着它们，一路就走到了圣路零公里处，也就是传说中的世界尽头。

再往前，著名的菲尼斯特拉灯塔也在那里，这是一片空旷的海角，海边风很大，眼前是一望无际的大西洋，海水非常湛蓝，那是一种异常空旷的美丽，正是传说中的海天一色啊。我一个人，频海临风，自由而又孤独。因为时间无多，独自转悠了一圈就开始往回走，返回的路上又遇到许多比我更执着的朝圣者，继续背着包，不走到世界尽头不罢休。

菲尼斯特拉当然也是一个千年古镇，从零公里处返回的路上我顺带去镇上转悠了一圈，依然是古老而安静巷子，但高高低低，我只好在上坡和下坡中穿梭，偶尔会窜出一只狗，把我吓一跳。可能是这一个多月来转悠的古镇太多，总之在这里我已经找不到什么新鲜感了。

继续沿着路标来到朝圣之路的零公里，背后是著名的菲尼斯特拉灯塔

　　去程的时候车子走的是沿山的公路，和"世界尽头之路"几乎是并排同行，不时可以看到背着包的朝圣者走在路上。回程的时候车子走了另一条沿海公路，这条路虽然要多出一个多小时的车程，但太值得了，因为沿途经过的每一个海边小镇都是如此地惊艳，从车窗往外看，海是宝石的蓝，天是梦幻的蓝，配上依山傍海的白房子或红房子，然后"美"就一个字，我只说一次。

　　晚上回到圣地亚哥城区，又去了大教堂广场静坐发呆，看晚上九点的日落黄昏，天空是一片瑰丽的金黄色；面前人来人往，感觉这辈子从来没有在同一个时间看到过这么多而且是各有特色的面孔，这是一种独特的体验。而周边虽然人多，但心很安静，这种感觉，同样如此独特。

第三十四天：6月28日

相遇是前世的缘分

又见 Jennifer

今天是个喜悦的日子，有惊有喜。

一早去教堂，刚走到教堂广场的入口，就看到前方有个熟悉的身影，心想会不会是 Jennifer 呢？她不是因为脚伤已经提前回家了吗？正在想的时候对方也看到了我，大声喊着我的名字向我走来，正是 Jennifer！两人为意外重逢相拥喜极而泣。我一激动说了一堆中文，稍后才反应过来 Jennifer 听不懂，这才又改用手机翻译。原来她是因为不舍得圣路上的人和风景，拖着脚伤一程一程坐车过来的。

9 点，Dun 也到了，她是我此行结伴最多时间也最长的路友。3 人又是一通欢喜的拥抱 + 合影。然后一起去参加大教堂 9 点 30 分开始的弥撒。中途 Jennifer 离开，她要赶飞机回国。临别时她说：请相信我们的相遇是前世的缘分。

和 Mia、Dun 在一起

关于弥撒，我只参加过两次，第一次是在布哥斯 (Burgos) 的庇护所的教堂里，那是一个小规模的弥撒，这一次规模太宏大了，除了教堂的恢宏，参加的人也很多，多是来自世界各地的朝圣者，当中有一个中学生朝圣团就坐在我们前面。虽然这个弥撒的整个流程，我一句也听不懂，但我还是时常被其中可以看到和感受到的环节所感染且因此动容，特别是最后那个参与者互相问候祝福彼此的环节，我被在场的人们所表现出来的虔诚所感动了。

和 Jennifer、Dun 在一起

这让我想起了多年前，在印度恒河看到的那种虔诚，虽然人不一样，环境也不一样，但对信仰的虔诚是一样的。这种氛围之下，我和 Dun 也拥抱了对方，感恩彼此一路的陪伴和相互的帮助。

Cassy Wang 母女在一起

149

大教堂为世界各地的朝圣者举办的弥撒

　　弥撒结束后，我随人流去参观教堂地下室的圣雅各布 (St James) 墓地，也跟着人流拥抱了圣人金身，听说这样余生就可以得到保佑了，我就姑且信之吧。

做完弥撒出来，Dun 去办她的事，我一个人坐在广场上看人来人往，老的少的，男的女的，大概每个人都是带着自己的故事来到这里的吧。胡思乱想中，突然听到有人喊我的名字，抬头一看，那不是半个月前在圣多明戈 (Santo Domingo) 同住一室，且在晚上帮我点餐的新加坡女士 Cassy Wang 及她的女儿吗？原来她们今天也到了圣地亚哥。又是一阵喜极而泣的拥抱，彼此诉说着别后圣路上的种种，没有辛苦，只有喜悦。

11 点半，Mia 也到了。之前说过，Mia 是长春人，现在生活在爱尔兰。我们是 10 天前在路上认识的，中途在别尔索自由镇还见过一次。今天再见面，而且是在终点见面，那种惊喜可以想见。我和 Dun 还有 Mia，3 个人一起在广场拥抱着跳啊笑啊，然后是各种夸张的摆拍，大概只有在朝圣路上一步一步走来的人才能爆发出如此放肆的欢乐吧。

大教堂周边的巷子也是一片欢乐海洋

广场上的人越来越多，这些朝圣者一步一个脚印地从远方走来，经历了什么只有亲身体验过才知道。到了这里，有欢呼的、有哭泣的、有雀跃的、有躺平的，总之这些来自不同国家的人聚在一起，放眼望去感觉就是一场万邦来朝的盛宴，连带广场周边的大街小巷也成了一片人潮欢乐的海洋。

遇见，分别，相聚，又分别，从此天涯或前缘再续，广场上每天都在上演着一幕幕这样的情景剧，然后曲终人散。于我，把美好的和感知的一切留住，这便是努力行走的意义。

第三十五天：6月29日

目光的尽头是真我

清晨的大教堂广场，阳光若隐若现

太阳在大教堂的背后正上方形成一个巨大光圈，神奇而美丽

今天上午，我将乘坐 10:40 的火车离开圣地亚哥 (Santiago)，一大早收拾妥当，背着包再次来到大教堂广场。我想在离开这里之前，再安安静静地坐上一会儿。今天是母亲的 11 周年祭日，在这个离家万里的圣灵之地，我想以自己的方式祭奠远在天堂的父母。

坐在广场上，双手合十，仰望天空，我看见你们在微笑。

你们一直担心的那个倔强、固执、任性而又自我的女儿，她现在很好。她一个人走过万水千山，来到这个遥远的地方，她是来寻找自己的。

她还是老样子，真实得一根筋，哪怕被视为傻瓜被视为异类；她愤世嫉俗，不怕得罪小人，哪怕吃了苦头摔了跟斗。她像外星球的来客，看着人间的荒唐。这几年，她经历了工作、生活以及内心世界的千疮百孔，但她没有自我放逐，而是选择了自我救赎。她独立，她努力，她知道命运站在自己的双脚下。上帝总是眷顾那些不向命运低头的人，你们看，祂给了她勇气和力量，让她来到了这条朝圣之路，一路上，她不期而遇了这世间的诸般美好，获得了另一种生命的觉知。

作为非主流意识的边缘人，她注定是孤独的。但重要的是她现在知道了，人生的路并不只有一种正确的选择，别人眼中的不妥，许是自己脚下的正好。人生是一个不断在探索、寻找、选择的大过程，人的成熟不是越来越包容，什么都可以接受。相反，那是一个逐渐剔除的过程，知道自己最重要的是什么，知道哪些不再重要，然后做一个纯简的人。

天空的光线渐渐耀眼，打开手掌，我看见太阳躲在教堂的背后，并在它的正上方形成了一个巨大的光圈，神奇而又美丽。而周围又开始热闹起来了，一如昨天、前天我看到的样子。

看看时间已经不早，再磨蹭可能就赶不上火车了。我整理好心情，背上包，迈步走向火车站，走向另一段旅程，此时，天空碧蓝如洗。

再见了，Santiago。我从远方来，又要到远方去，此行的风景将渐行渐远，目光的尽头，是那些在旅途中触及过心底和灵魂的东西，心中也越来越明了——找到自我，固守自我，沿着自己的路向前走，走近、走进、走尽。

在圣地亚哥火车站，准备开启一段新的旅程

#4 圣路拾萃——走过历史与现实

| 4 |
圣路拾萃 —— 走过历史与现实

别尔索自由镇的中世纪古建筑

洛斯阿尔科斯的奔牛活动

　　决定要去走西班牙圣地亚哥朝圣之路，除了深入了解这条路的资讯，了解西班牙的历史也同样重要。前面说过这条路与世界上所有著名的徒步路线不同，它是与中世纪的西班牙乃至整个欧洲的历史、人文、宗教和建筑联系在一起的，其中的"法国之路"和"北方之路"更是被列入了联合国科教文组织的世界文化遗产目录中。当行走不仅仅是为了行走，而是希望让行走变得更丰盈更有意义的时候，懂得历史就显得尤为重要。

　　我于是打开了《西班牙的灵魂》，这是一本横跨2000多年的西班牙文化史的书，它解读了西班牙文明的历史，内容涵盖罗马人、犹太人以及摩尔人在西班牙的发展，特别是西班牙艺术、文学、宗教、建筑及音乐。在这本书里，可以看见西班牙跌宕起伏的历史，领略西班牙混杂多元的文化，感受到一个民族热炽的生命力以及它的悲伤与彷徨。

　　事实证明，读完《西班牙的灵魂》当然还有其他，让我在"法国之路"上真正体会了历史与现实、视觉与知识相融合的收获，行走的过程，因为懂得而内心无比充盈，不会为自己衣装的简陋而自惭形秽，不会为自己不懂语言而手足无措。而这一路上每天的所见所想，抚古思今，总有许多东西想落笔为快，或留存或分享，比如那些中世纪的遗韵，比如那些别样的朝圣庇护所，比如那些带着宗教符号的路标等等。

（一）中世纪的遗韵

我们在讲述欧洲历史的时候，通常绕不开一个关键词"欧洲中世纪"，这是欧洲历史的一个重要里程。而所谓欧洲中世纪是指欧洲历史三大传统划分的一个中间时期，大概相当于我们的南北朝、隋唐、五代十国至元明时期。历史很有意思，想想，那时他们那边在打仗，我们这边也在打仗。所谓中世纪战乱和王朝更替，说的就是那个时期。可惜后来欧洲进入文艺复兴，我们则从封建没落的明朝进入更加腐朽没落的清朝，就此拉开了距离。

布哥斯的中世纪古建筑

之所以提到欧洲中世纪，是因为我此行"法国之路"，实际上是一段与欧洲以及西班牙中世纪历史比肩的旅途，纵观西班牙的中世纪，与当时其他欧洲国家有很大不同，因为这里交杂着摩尔人、犹太人、摩尔裔基督徒以及其他混血族裔，再加上这些族群的文化，使西班牙从根本上不同于其他国家。

根据记载，中世纪时期，西班牙共有12000多个大大小小的城镇和村落，也就是现今传承下来的所谓中世纪古镇。其特色在今天的西班牙北部依然可见，一如我走过路过的那些地方。在我看来，此行选择"法国之路"，其实就是选择了一条写满欧洲中世纪历史的路，从法国的圣让.皮耶德尔(Saint Jean Pied de Port)开始，一路向西经过上百个城镇乡村，它们几乎都贴上了中世纪的标签，如今在岁月长河的流淌中，依然散发着浓厚的历史况味。

帕拉斯德雷的盛装游行活动

每一个建筑物都有它的故事。

这些城镇乡村，都有基督教、伊斯兰教和犹太教建筑，有哥特式、摩尔式、巴洛克式和新古典式的各类教堂、王宫、城墙、修道院等古建筑，有些建筑因为保存完好而被评为世界文化遗产，分布在布哥斯（Burgos）、莱昂 (Leon) 和圣地亚哥 (Santiago) 等等，这些朝圣路上的历史名城，它们的古建筑特别是它们的大教堂，是我眼中绝对的惊艳。

据说那个时候，城镇乡村的生活大都很朴素，没有多少物质享受，居民的财富都表现在建筑上，从早期笨重的罗马风格建筑到后来的哥德式建筑，造就了中世纪的伟大艺术，堪称人类艺术建筑的瑰宝。总之，走过路过，叹为观止。

中世纪时期，城镇乡村最重要的建筑是教堂，这些教堂象征民众的信仰，以及对安全、美和上帝的追寻。这些传承在今天依然如此，正如我一路上经过的城镇或乡村，教堂无处不在，有些地方甚至有 N 多个教堂，而且教堂肯定是当地最漂亮最宏伟的建筑。走过路过，这种遇见，常常让我陷入沉思，N 多个问号在心里飘过。记得在阿斯托加（Astorga），我和 Dun 曾经揣着一颗好奇的心，沿着几条街道把能看到的大大小小的教堂都数了一遍，7 个，差不多相隔几百米就是一个教堂，每个都有故事，看来小城故事多，而且都是古老而又年轻的故事。

中世纪时期，这里城镇乡村的主要娱乐活动，包括有宗教节庆、朝圣、社区歌舞等等，但凡这些活动都会有传说的故事加持。比如潘普洛纳(Pamplona)每年7月举办的奔牛节，我在《圣路日记》第6天对此有过阐述，这个奔牛节因为海明威的作品闻名于世，而我因为来的时间不对与它擦肩而过。

但是在洛斯阿尔科斯(Los Argos)，我又有幸目睹了另一场当地举办的奔牛节（见《圣路日记》第10天），那天，小镇居民全嗨起来了。总之，在这条路上，你走过和路过的那些城镇或乡村，时不时就能遇见当地举办的各种传统活动，比如盛装游行，比如歌舞表演，还有音乐会等等，这些活动大多具有浓厚的民俗色彩，还有浓厚的历史韵味。我在埃斯特利亚(Esterlla)、帕拉斯德雷(Palas de Rei)和莱昂(Leon)等地方都有遇见过。这种渊源流长的活动相当自由奔放，又不失传统特色，总归是一场欢乐的盛会。我虽然听不懂，但作为一个异乡的行者，能见识和感受这里中世纪历史的留存和现代西班牙人的拉风，感觉也是很有收获的。

圣路上的收获除了风景，还有风景背后的历史

盛装游行，感受节日气氛

中世纪时期，这里的城镇乡村还有常年每周的市集，这类市集有点像我们中国农村每周的赶集，它们现在依旧是西班牙乡村生活不可分割的一部分。记得 6 月 15 号上午，我在卡里翁德修洛斯孔德斯 (Carrion de Los Condes) 这个古镇闲逛时，就遇见了这种传说中的市集，有点类似我们的跳蚤市场，各种衣服鞋子以及日杂用品、水果蔬菜也是琳琅满目，因为周边建筑仍然保留下来的中世纪遗韵，人在市集中游走，那种来自岁月累积的古老况味会自然而然地扑面而来。

这些中世纪的古镇，经历时代更迭，如今作为现代朝圣者的到访之地，依然精彩。写到这里，我想起了一个人，那就是号称第二次世界大战最坚挺的"墙头草"——西班牙独裁者佛朗哥（Francisco Franco）。事实上，正是他这个墙头草，让西班牙在二战中置身事外，这些古迹才没有遭到轰炸和破坏。虽然他声名狼籍，但至少保全过西班牙的历史古韵。而且以当时西班牙没落的国力，如果参战，可能没等战争结束自己就先崩溃了。历史上佛朗哥其人独裁暴力，但从这个角度来说，他对西班牙还是有贡献的。至少让我们今天在这条朝圣路上行走时，还能够看到这么多保存完好的、有历史价值的中世纪的遗产。

多人混居的庇护所，是圣路上最常见的。

（二）别样的朝圣庇护所

在欧洲中世纪的社会中，朝圣活动占据着重要的地位，数以万计的人们踏上路途，前往圣地，寻求宗教上的启发、神的庇佑或赎罪的机会。在旅途中寻找食物和住宿是一项挑战，特别是在偏远地区或人烟稀少的地方。朝圣庇护所大概在那个时候就出现了，当时的庇护所是由宗教机构（教堂或修道院）开办的，目的是为朝圣者提供住所、食物和其他基本生活所需，使朝圣者能够在旅途中得到关怀和庇护。

经过上千年的发展，现代的朝圣庇护所较之古时已经大有不同了，除了宗教机构开办的，也有政府或私人经营的，但管理理念和模式还是得到了基本的传承。比如宗教机构会通过举办一些特别的仪式向朝圣者传达对他的关怀和支持，使他们在信仰上得到满足，同时提供社交和分享的机会。比如我

161

在布哥斯住的那个教堂庇护所，见《圣路日记》第 16 天，当天在晚餐前就举办了弥撒为我们祈福，还组织大家一起唱歌和交流，并非信徒的我也一度在这温暖亲切的氛围里满足并感动着。

话说回来，"法国之路"沿途的朝圣庇护所，给我的印象深刻，它们和这一路厚重的历史和美丽的自然风光一样，令人赞叹。走过路过感受过，感觉非常值得记录一下。

我在第一天抵达圣让．皮耶德波尔（Saint Jean Pied de Port）的朝圣者办公室（Pilgrim Office）报到的时候，就从工作人员那里拿到了一份完整的庇护所清单，上面有各个村庄、城镇之间的距离、公里数以及每个地方的住宿资讯、沿途庇护所的类型等等，这个和我在出发前在手机 APP 上下载的资料大同小异，但此时算是准备开始进入实战了。

走朝圣之路，对沿途庇护所的了解，是行前攻略的一个重要环节，毕竟这一天一天走下来，住宿当然重要。事实上，我在做攻略的时候也确实对相关的庇护所做过一些了解，但没法感同身受，因为从未体验

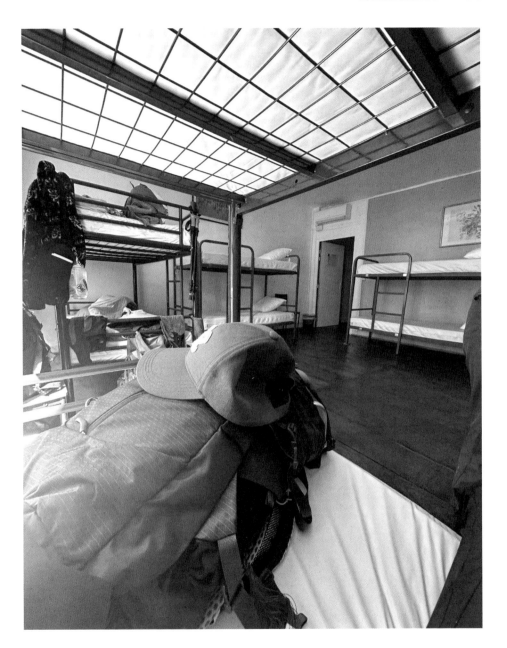

过，直到真正地进入其中。

　　我理解的"法国之路"上的朝圣庇护所分为公立、私立和自由捐献三种，公立的一般是政府或教堂、修道院经营的庇护所，私立的分为私人经营的庇护所和私人经营的旅馆，而自由捐献庇护所，住宿费用采取自由捐献的方式，这种庇护所通常不能预约，而且只接受徒步前来的朝圣者。

这些朝圣庇护所跟我所认知的青年旅舍有点相似，但较之更简单一些，大多配备有厨房和炊具等供入住者免费使用，因为多数朝圣者会选择自己做饭。这其中，公立的庇护所价格最便宜，10 至 13 欧元左右，私营的庇护所或旅馆相对贵一些，13 至 20 欧元左右。而自由捐献的庇护所，有时反而要付出更多一些的费用，因为入住的朝圣者常常会被这里的某些东西所感动，比如机构的关怀、义工的无私奉献、信仰的力量等等，通常会自愿多捐献一些，正如我在布哥斯的 Albergue de Peregrinos Emaus，那天一个早餐我就捐了 20 欧元，差不多相当于一天的食宿了，因为我的确被这个机构和义工的无私奉献以及路友们在一起的真诚友爱感动了。

　　我曾经在沿途一个叫巴尔卡洛斯（Varcalos）的村庄住过一个无人值守的庇护所，只是大门上写了个床位的价钱，让朝圣者自行开门入住。当然，入住者都会自觉付费，并不用担心会有人跑单，一般认为，跑单的人是不会背着包来行走这种天涯苦旅的。退一万步，万一发生跑单，也不会有什么大问题，毕竟这种情况只可能是极少数人，因为在这条路上，笃信上帝的人，有上帝在看着；而那些还没有相信上帝的人，心中有自己的信仰，比如我。

　　"法国之路"上，上述这几种类型的庇护所我都住过。感觉就是公立庇护所通常都比较大，能容留住宿的人也多；私立庇护所的装饰会比较小资，床位相对也少。而那些教堂或修道院改造的庇护所，虽然看起来古老陈旧且充满岁月感，但其实里面无一例外的干净整洁，设施也如现代旅舍一样。但无论是哪一种，即便是非常简陋的，也一定会保持干净，没有卫生死角。这些庇护所从朝圣者下午入住到第二天早晨离开，留下的洗手间、浴室、床以及厨房和入住时是一样的整洁，没有异味。赞叹之余我曾疑问过：这么多人同时入住，这些公共区域却没有异味，这个是怎么做到的？记得某天和 Dun 聊起，发现她竟然也和我同感。后来我们不止一次讨论过这个问题，然后一起感叹：这一路上就没看到过脏乱差的庇护所，除了良好的卫生习惯和文明素养，那个没有异味到底是怎么做到的？

　　这个问题现在依然没有答案，但答案其实也并不那么重要了，重要的是庇护所为朝圣者的苦行提供了安全、文明、卫生的住宿保障，另外还附带展现出诸多人性的美好，在这里，你会看到各国人民大团结的景象，你会遇见生活在同一频率的人，体味一种"似是故人来"的喜悦，用一个诗意的表述就是：这是一个自由灵魂栖息的地方。

扇贝与黄色箭头是每位朝圣者在路上的最大依靠

（三）带着宗教符号的路标

和世界上那些著名的徒步路线一样，圣地亚哥朝圣之路也有自己专属的路标，带着宗教传说的路标——扇贝和黄色箭头，其主色调是黄蓝两色，分为官方和民间两种。

官方路标是扇贝，这是最具代表性的朝圣符号。本书第二篇《这一条路》中曾经提到过，朝圣之路所朝圣的对象是耶稣重要的门徒圣雅各（St James），而扇贝是传说中圣雅各的象征。关于这个传说我听到有两个不同的版本：

一个版本是早在 12 世纪，朝圣者徒步抵达圣地亚哥后，才有资格领取一枚来自西班牙加利西亚海边捞取的贝壳，而当时佩戴扇贝是朝圣者去过圣地亚哥的唯一信物，扇贝被视为圣雅各的象征。不像现在，我们这些现代版的朝圣者在朝圣之路的起点就能领到一本朝圣者护照，之后在沿途每个驻足的地方像出国过关时一样在护照上印个图章，最后到了圣地亚哥大教堂后凭着这些图章，领取一本官方的朝圣者证书，以证明你完成了这一趟朝圣之路；

另一个版本是传说圣雅各遭到谋杀后，遗体随船运到西班牙加利西亚时被暴风雨击沉，当时海边有场婚礼正在举行，新郎见状下去拯救，却也不幸沉入海底。当他再度浮出海面时，身上覆盖着保护它的扇贝，众人相信这是来自圣雅各的保佑，扇贝因此被视为圣雅各的象征。

后来扇贝转换成星芒图案（如图），成为朝圣之路的官方识别标志。

民间路标是黄色箭头，关于它的由来，传说是很久以前一位名叫 Don Elias Valina Sampedro 的西班牙牧师，他生前曾致力于研究朝圣之路的历史。1980 年代，牧师听说有许多朝圣者在路上迷路，于是带着一桶黄色油漆来到西班牙与法国边境，在数百处容易迷路的地点画上显眼的黄色箭头。在他去世后，继续由他的家人和义工们完成他未竟的绘制工作。最终让黄色箭头与扇贝一起成为朝圣路上的象征图案，再后来大量的黄色箭头和扇贝一起最终成为朝圣路上的路标。这些路标在沿途的岔路口、地面、石柱以及建筑墙面等都会出现，它们代表着正确的方向，引领每位朝圣者顺利抵达终点。

"法国之路"长达 800 多公里，沿途经过山区、高地和平原，穿越森林山谷、河流桥梁以及城镇乡村，其中岔路无数，而且这条路常常偏离于现代的公路之外，有一半以上路程算是朝圣者专属。如果路标不明，一旦迷路，就可能南辕北辙。

对于我而言，每天早上出发时，寻找扇贝或黄色箭头是开始一天行程的头等大事。当我一个人穿山越岭，踽踽独行于无人旷野或山谷森林时，看到扇贝或黄色箭头就像看到了希望，此时它们是我心中踏实的存在，当我一个人辗转穿行于城镇乡村，岔路众多傻傻分不清楚时，看到扇贝或黄色箭头就像看到了前方的召唤，此时它们是我心中珍视的符号。甚至于有时走在路上，如果超过 20 分钟看不到路标，我心里就会发慌，会怀疑有没走错路，直到再次看到它们，才又放心地继续往前走。

可以说，相比朝圣之路厚重的历史和美丽的自然风光，扇贝与黄色箭头，这些带着宗教符号的路标是路上另一道不可或缺的风景，给所有朝圣者指明方向，是朝圣者天涯苦旅中温暖的存在。

总之，西班牙的历史浑厚斑斓，我这圣路上的拾萃不过沧海一粟。但沿途的遇见，的确充满了自然古朴的美丽，融入了岁月累积的朝圣文化，非常值得品读，而懂得西班牙的前世今生，收获会更多。我想这正是行走在别处的意义。

#5

灵魂之问——为什么要走圣地亚哥朝圣之路

| 5 |

灵魂之问——
为什么要走圣地亚哥朝圣之路

　　为什么要走圣地亚哥朝圣之路（Camino de Santiago）？这是一个灵魂之问，也是在出发前后被问得最多的一个问题。你问别人，别人也在问你，大家都揣着一颗探究的心。结果是一千个人就有一千种答案。毫无疑问，在这条孤寂而又热闹的长路上，每个朝圣者都有一个启程的原因。

　　为什么要走圣地亚哥朝圣之路？我在行走的过程中，同样被不断地问到这个问题，又大概是我所来自的国家和我的语言不通，使得我更容易成为眼中特别的关注，"Alone ,with barely any English ,wow, why do you walking the Camino?"（独自一人，几乎不懂英语，哇，你为什么会来走朝圣之路？）这句话，我在路上听到很多次，也因此收获过很多的点赞。当然，我也会不失时机地向每一个与我有过交集的朝圣者提出"为什么来走朝圣之路（Camino）"这个问题并寻求答案，以下是我整理的部分路友给出的答案，摘记如下：

1.　Dun，来自美国俄亥俄州，职业是中学老师。她的理由是想寻找精神食粮、寻求内心成长和升华的机会和体验，也想通过 Camino 了解更多的异国文化，看看路上的风光，听听他人的故事，更想独自出门闯世界，沉静一下自己那颗永不安稳的心。

2.　E 和 J 是一对结婚 40 年已经年过 7 旬的夫妻，来自美国马里兰州，职业都是退休法官。妻子 E 是一个黑人，她说她来走 Camino 是想忘掉以前戴着法官乌纱帽的自己，来做一个普普通通平平常常的自己。丈夫 J 说他来走 Camino 有 5 个原因， 一是因为宗教，他信天主教；二是喜欢在 Camino 上遇到的人；三是喜欢路上美丽的风景；四是行走可以健身减肥；最后一个也是最重要的，就是为了能多些时间和太太 E 呆在一起，他说平时即使两人都在家，但因为各忙各的事，也常常见不到对方，来走 Camino 就可以天天在一起了。这是我在朝圣路上听到过的，最温馨的一个理由。

3. Jennifer，来自美国佛罗里达州，曾经服务于大韩航空公司，到美国后的职业是房地产经纪人。她说她退休后没有别的事可做，虽然物质生活很丰富，但精神上感到很空虚，她感觉自己不快乐，但不知道自己为什么不快乐，所以想来 Camino 寻找不快乐的原因。Jennifer 在行程过半的时候脚踝受伤了，严重到没法行走的程度，但她舍不得 Camino 上遇见的人和风景给她带来的快乐，最后是一程一程地坐车到达终点圣地亚哥的。

4. SonHyunsu，来自韩国首尔，曾在空军服役，现在的职业是社会福利部门的公务员。他说他是为了"治愈自己"而走，因为在家的时候，感觉自己有一种强迫症，什么都要做到最好，总是把自己逼得太紧，因此一度对生命产生了倦怠。来走 Camino，是为了思考要活下去的理由，是为了感受放松和缓慢。他说在行走的途中脚踝受伤了，但坚持拄着拐杖继续走，他说他的英文不好，但会主动跟路上的人交流，也交到了很多朋友，他为自己感到骄傲，对一切都心存感恩，以后他将继续努力行走在自己生命的朝圣之路上。

5. Ine，来自韩国首尔，一个年轻的极简主义者，一路上的全部家当就是一个小背包，装备简单而精致，相比我们这些全副武装的背包侠，她显得轻松而又从容。她说走 Camino 只是她想做的一件事，因为有时间，有能力，所以就来了，没什么特别的理由。

6. 佳芳，来自台湾台北，曾经是记者，现在是房地产经纪人。她说她的理由超级简单，走 Camino 只是为了满足她的好奇心，是另一种旅游体验，然后顺便试试自己的体力和耐力。结果在这个行走的过程她发现了自己的独立和毅力以及身体状态良好，感觉非常欣慰。

7. SM，供职于德国某大学，因为长时间在同一种氛围里工作和生活，感到日子有点沉闷。此次利用假期时间，希望通过行走 Camino 来重新唤回生命的活力，清醒大脑、思考前程和享受人生。

8. Cassy Wang，来自新加坡，职业是学前教育工作者，她说她一直想和女儿来一次背包旅行。后来有朋友推荐了 Camino，她在研究之后发现这条路非常符合她想要的那种背包旅行，而且很幸运女儿愿意和她一起同行。这次母女俩利用假期来走 Camino，一路上配合默契，除了增长见识，这路上的风景和遇见的人也让她们记忆深刻，久久不能忘记。

9. Leslie，来自加美国加利福尼亚州。她说 2018 年曾经和先生、女儿、儿子、媳妇一起来走过 Camino，在这条路上度过了一段美好的亲子时光。这次是第二次来，依然是和家人一起，她觉得这一行走的过程可以增进家人之间的情感和互动，而且她喜欢在 Camino 路上一边行走一边冥想，也喜欢 Camino 上美丽的风景和遇见的那些友善的人们，在这条路上，还可以了解中世纪欧洲的历史、了解基督教和伊斯兰教（摩尔人，Moors）的历史，学习到不同的信仰和其他的文化。

10. Mia，来自爱尔兰，年轻的她经营着几家中介公司和奶茶店，她说她没有宗教信仰，平时工作太忙，想做的事太多，希望通过走路能静下心来，理清思路，找出重点，最后才是为了来体验传说中的 Camino。

11. 淑芬，来自台湾新竹，单身，已退休，信仰基督教。她自己一个人来走 Camino，把这一路上走得跟在家里的日常生活一样，早上睡到自然醒，然后慢慢悠悠开启一天的徒步时光。大多数人中午或下午就能走到目的地，而她到达的时候通常已经是傍晚了。她说这一路上遇见的风景和人，让她不会感到孤独，而沿途经过的每一个城镇乡村，她都会驻足观望，经过的每一个教堂，也都会进去祷告，她说她非常享受行走这条路的过程。

还有一个关于父亲带着"女儿"走 Camino 的故事。6 月 29 日上午我在圣地亚哥火车站候车的时候，相邻的座位来了一位朝圣者，坐下后彼此互相道了一声"Buen Camino"，然后他主动自我介绍来自美国南卡罗莱纳州，我说我来自中国，他眼睛一亮，说他女儿就来自中国贵州。见我一愣，又解释说那是他收养的中国女儿。我这才发现他的背包上贴着一个青春飞扬的中国女孩的照片，他告诉我，那就是他的女儿，已经 18 岁了，然后他说女儿在去年出车祸去了天堂。之前父女俩曾经计划要一起来走 Camino。所以他这次是带着"女儿"来的，想完成女儿的心愿。说着他给我看了他挂在脖子上的一块牌子，他说那里面装着女儿的一点骨灰，还给我看了他手臂上的刺青，上面刺着女儿的生卒年月。说这些话的时候，这位父亲有点黯然神伤，我一时也不知道该说什么好，加上英文不好也说不出更多安慰的话，只是说了一句"你是一个很善良的人"。他不置可否，但眼里有了泪光。这是我在朝圣路上听到过的最感动的一个理由。

那么我的理由是什么？我想起了2021年，那一年我的工作、生活变得一团糟，光鲜的外表背后是灵魂的千疮百孔。对人性的怀疑，对自我的否定，挫败感让我走进了一个死胡同，固执得怎么也走不出来。那一年，我去了很多的地方，进了很多寺庙，我想寻求顿悟，打开心结，但是什么也没能改变，反而增添了更多的狐疑。直到2022年，我在一个偶然的机会，发现了这条圣地亚哥朝圣之路，同时我还发现了这条路与众不同的神奇，包括历史、人文、风景，还有行走在这条路上的人群。有如上帝的叩击，至此，没有宗教信仰的我，眼睛就定格在了这条路上，我想打开视界，寻找自己。这大概就是我走Camino的初衷了。其实是，当人生走到了某个节点需要沉淀的时刻，也就是再出发的时候。当然，这是我在结束了Camino之后的领悟。

其实，相较于千千万万的朝圣者，以上如此寥寥数人的答案本来并不足以说明什么，但管中窥豹也可见一斑，由此我大概得出一个仁智各见的结论——相较于古代朝圣者的纯粹，现代人的朝圣更多了一份自由与随性。他们从四面八方赶来，行走这条古老的朝圣之路，除了宗教的原因，还有更多的是对生命的思考，对身心的疗愈，对健康的追求，对旅行的热爱甚至不过是想挑战这一全新的探险似的游历。可是，当他们走上这条朝圣之路后，更多的人开始喜欢这条路上美丽的风景和独特的人群，喜欢它所具有的那种欧洲精神的凝聚和民族文化的符号。从此，他们不仅仅是为了到达目的地，也不只是为了拿到那本朝圣者证书，最重要的是他们不仅走到了圣地亚哥，也走向了自己的心灵。

也许这就是答案，也许本来就没有什么答案，但每个朝圣者都在尽情感受这一条古老而又神奇的路。

#6

走出自己

| 6 |
走出自己

西班牙圣地亚哥朝圣之路（Camino de Santiago）流传着这样一句话"Everyone is walking their own Camino"，大意是每个人都会走出一条属于自己的朝圣之路。

走完圣地亚哥朝圣之路回来，常有朋友询问这一路收获如何，每次被问到这样的问题，总是感觉想说的很多，但又无从说起。其实，下了这么大的决心，走了一路的风尘，收获了什么，是否也走出传说中属于自己的路？这个答案我也很想知道。

于我，行走圣地亚哥朝圣之路是一场从未经历的、全然的、陌生的、长久的、孤独的生命体验。从 5 月 26 日到 6 月 26 日，从起点 SJPP 到终点圣地亚哥，这条 800 多公里的长路，我整整走了 32 天（期间偶尔坐过车），平均每天 20 多公里，沿途走过无人旷野、乡间小道、山谷森林，经过上百个大小城镇与村庄。这 32 天，每天早上起来的第一件事就是打包行李，准备出发；每天下午到达目的地的第一件事就是打开背包三部曲（铺床、洗澡、洗衣）然后再打开随身携带的《法国之路庇护所清单》选择第二天的落脚点；这 32 天，每天清晨都会有一种莫名的期待，因为知道要去的地方，但是不知道路上会遇见什么样的人和什么样的风景，也不知道会发生什么样的事，或惊喜或意外。这种期待让人有一种饱满的情绪整装出发。

这是一种什么样的状态？答案是孤独、辛苦、自由、自我、自律，既有无趣的重复也有生动的体验。而这一个月连续不间断的行走，对于一个语言不通的菜鸟背包客，选择坚持不放弃需要怎样的信念和勇气，走过才会明白。

事实上，在这一段长长的路上，我曾无数次惊讶于自己的坚持且越走越好，无数次惊讶于自己的从容且越来越笃定。在这一场孤单的行走中，我仿佛遇见了另一个自己——无论心理素质、身体素质以及信念、勇气，统统是前所未有的超乎寻常。是什么改变了我，还是我本来就是如此？这个答案我同样也很想知道。

我曾经用心观察过，在这段长长的路上，有近七成的人是独行者。当初选择一个人出发，也知道这一路我将是孤独的。哥伦比亚文学家马尔克斯 (Gabriel García Márquez) 曾在经典《百年孤独》(西班牙语：Cien años de soledad) 中说过：一个人最好的状态就是独处的时候。事实上，这种感觉确实伴随我走了一路，也恰恰是这种全然的、陌生的环境和全然的、孤独的存在，给了我一种全然独立的思考：我是谁？我从哪里来？我要到哪里去？那些前半生的是非对错以及后半生的何去何从，统统思绪万千；那些每天呈现在眼前的不一样的人和风景也统统思绪万千。

思考是一场生命的觉知，而徒步是一个发现世界、发现自己的过程。我曾经说过，行走朝圣之路的初衷是打开视界去寻找自己。打开视界，是学习是见识，是看见那些与自己生活的世界不一样的风景；寻找自己，是反思是和解，是思考那些已经的从前往事和即将的从今往后。而行走过程中沿途西班牙北部自然景色的壮丽奇特美不胜收、迷人的村庄和各种历史遗迹，还有一路结识的新朋友，说是一次宗教、精神文化的大交融，更像是一场净化灵魂的修行。对于一个追求身心自由的人来说，没有比这个更好的体验了。我想，这是我坚持不放弃的信念和勇气的原动力。

都说徒步的意义在于与天地对话、与自己对话，所谓见天见地见自己。于我，行走朝圣之路是一段完全脱离日常现实与自己相处的过程，既能感受大自然的纯净美好，体验西班牙小镇的人文风光，又有充裕的时间审视自己。其中那些在途中孤独而自由、辛苦而生动的体验，让我无形中吸取了很多用来面对现实的力量和勇气。由此，我得出一个结论：我其实还是原来的我，所谓的超乎寻常，不过是在这样的环境下激发的潜能，这种潜能，除了信念的加持，还有来自这一路上吸取的力量和勇气。

都说生命是一场旅行，每个人都在这场旅行中感知自我的存在，这一过程，虽然人来人往，终究花开花落，孤独是起点也是终点。一如我在这条朝圣路上经历的：一个人、相遇、分别、分别、相遇，最后曲终人散又回到一个人的旅程。虽然这一个月的经历相比生命的长河只是短暂的过隙，但"一叶知秋"也有相形的意义，何况经历的意义在于引导而非定义，重要的是如

何在这一场宿命中找到自己，懂得生命，在自我探索中成长。总之，我已经听到来自远方的呼唤，我已经不想再回头关注那些曾经的是非对错，我要向前走，走近，走进，走尽。

都说执拗者事竟成。当初执拗地决定把这一段徒步的经历写出来，本意只是为了分享，没想到在写作的过程，因为不断地回忆、整理和思考，那些曾经被问到却不知从何说起的东西变得渐渐明朗。于我，这又是一个意外的惊喜。

如果说在这条路上收获了什么，也许就是这些。以后，

倘若再有人问起这一路收获如何，我会不假思索地回答：是的，我收获了西班牙壮丽奇特的自然风光和浑厚斑斓的历史人文，收获了前所未有的勇气和信念，收获了另一种生命的觉知，更收获了梦想照进现实的无上喜悦。

西班牙圣地亚哥朝圣之路还流传着一句话："After camino the real camino starts"，大意是走过朝圣之路之后，生命中的朝圣之路才真正开始。我想，它和开头提到的那句 "Everyone is walking their own Camino" 一样，都需要真正走过之后才能真正地体会，而当你有所体会也许意味着已经开启了一条属于自己的朝圣之路。

| 7 |
女儿的话

今年 3 月 25 号，妈妈来到我读书的城市，跟我描述了她正在筹备一个人的西班牙圣地亚哥朝圣之路。我知道妈妈不懂外语，但我也没有惊奇，因为她原本就是一个热爱旅行、热爱挑战和喜欢尝试新鲜事物的人，欧洲古老悠久的历史文明想必也是吸引她的一个重要原因。

当初妈妈决定从她工作 20 年的工作岗位辞职的时候，我有担心过她的心理状态。像她这样一个半辈子都忙忙碌碌、习惯了作主的人，一朝从职场下来，脱离了那个她真心热爱过、付出过并且曾给过她数不清的认可和荣誉，也曾让她饱受争议、感叹世态炎凉的岗位。某种意义上来说，离开代表不再被人需要，不再被人肯定，应该如何寻找新的自我价值？妈妈能够适应新的生活吗？事实好像也是如此，妈妈离开职场后无所适从，虽然她没有跟我说过，但我看在眼里。

从 2021 年初离开职场到今年年初，妈妈似乎一直都生活在患得患失中。我想，当一个人找不到自我存在价值的时候，是很容易感到迷茫的。而这正是妈妈过去两年的状态。

那天，妈妈说她决定去走西班牙圣地亚哥朝圣之路，我能感受到，她很向往也很坚定。她说："我一直都那么怕苦怕累怕孤独，而选择走朝圣之路，这些在路上都要独自去面对，但这是我的自我救赎之路，这种精神上的自我救赎，没有人能帮我，我必须自己走出来。我要学会克服孤独，战胜恐惧。我不会英语也不会西班牙语，我要克服语言不通带来的困难，要学会自己解决以前不会解决的事情。"我想，她所说的"自我救赎"，是指走出过去，与现在和解。

我知道妈妈从来是一个坚定的、说一不二的人，我只是担心，半辈子的习惯，要让自己在一个月的旅途中改变，而且还是在本就奔波劳累的状态下，不会太为难自己了吗？真的能承受吗？可是妈妈很坚定："我不是要在这趟旅程中刻意改变什么，我只是想获得一种心灵的精进，想拓展视野寻找自己。"那时候的她，神情坚定，我仿佛又看到了我以前熟悉的，那个在职场中的妈妈。

隔天早上我送妈妈去珠海站坐车，到车站时她指了指她身上背着的包让我猜大概有多重，我不解，她说她在朝圣路上每天需要背负七公斤的行李，平均每天要走 20 多公里。我主动给了妈妈一个拥抱，目送她刷身份证过安检，泪意险些要决堤而出。回去后我在日记里写道：妈妈随身带着一本书——《一个女子的朝圣之路》，那本书上写着朝圣之路的西班牙文是"Camino de Santiago"，我们一起念了很多遍。她让我翻译书上的一句话，"After Camino，the real Camino starts"，大意是走过朝圣之路之后，人生中的朝圣之路才真正开始。我觉得妈妈很勇敢，同时也担心她性格中的急躁会在路上给她带来麻烦，也怕在这长长的一个月里，向来喜欢呼朋唤友出行的她，会承受不了孤独的重量。但我知道，我帮不了她，我也不会一直陪在她身边，我能做的只是支持她的选择。

为了这次徒步旅行，我知道妈妈付出很多，她做了体能训练，学习了户外运动常识，学习了简单的英语和西班牙语单词，签证已经办好了，她正在按照计划走向自己向往的路。

出发的日子如期而至，妈妈独自一个人飞往西班牙，踏上了她向往已久的朝圣之路，我一直在关注她，也在见证她每天的行走，时而崎岖的道路、笨重的背包、强烈的日光……但照片里沐浴着阳光的她笑得格外灿烂。妈妈常常赞叹沿途风光之美丽，也会为结交到来自不同国家的新朋友而感到欢欣。这一路上，她最大的障碍或许是语言不通，熟悉的语言环境会让人感到安心，而陌生的语言环境通常会让人缺乏安全感。但是，妈妈不仅克服了在陌生语言环境中的迷茫，还凭借着一腔真诚，获得了路友们的认可和关照，包括问路、用餐、在朝圣者庇护所办理入住……这些需要利用语言来灵活应对的事情，妈妈都一一完成了。扪心自问，假如我不会英语，我会有独自出国旅行的勇气吗？答案是大概率不会。所以我很佩服妈妈。

转眼半年过去，妈妈已经从朝圣之路归来两个多月了，感觉她每天都在回味这段难忘的旅途，回味与各国路友"真心换真心"的体验、沿途的美景，还有她独自克服的种种困难。尽管仅凭借谷歌翻译，妈妈无法非常顺畅地和外国路友交流，并且几乎每一天都要步行二十几公里，路途的劳累让一场小感冒也格外难熬，有时候也会分外思念一碗家乡的热汤饭菜。然而我能感觉到，妈妈又重拾了某种信念。

"人生之浮华若朝露兮，泉壤兴衰。" 人生的起起伏伏，太过无常，如露亦如电。我们在人世间所经历的美好与痛苦，顺遂和落魄，总是相伴相生，无论度过了怎样的美好时光，也终归要坠入现实。如果事物的本质就是改变，不如把握当下，抛下恐惧，去追一追理想，让新的记忆成为继续前行的能量。妈妈已经从朝圣之路中获取了新的勇气和力量，我如是想。

愿妈妈的生活和理想，能够朝着心愿的方向义无反顾。

Christy　　2023 年 9 月

#8

对生命的敬畏和感恩

| 8 |

对生命的敬畏和感恩

奉予黄栎：欧洲圣地亚哥朝圣之旅的寄语

我跟黄栎的认识，始于湾区的友人"三步两桥"所建立的，用心维持的"侠女走天下"旅游群，因大家都喜爱旅行，我们认识了。世界多元而宽广，一想着能去的地方、心里自然乐得美滋滋。当我们一谈起世界，旅行与人生，自然而然的，话题会扯得很远很远，探索世界美好的雀跃心，随之而来。

记得在 2011 年的一天，工作机构另一个司法部门的同事来我部门拿报告，聊起他刚从欧洲背包旅遊走朝圣路回来，当时因为正在准备其他事情，而且他急需报告，我们没多聊下去，他拿了报告就离开了。从此，我在一个无意间，获悉了世界上有那么一条"奇特"的路线。从那时候起，"圣地亚哥朝圣之路"就在心里烙下了印。

2022 年的 5 月，群主"三步两桥"开始走圣地亚哥圣朝圣之路的"法国之路"，当时我与家人正在南加州的洛杉矶以及圣地亚哥一带旅行，她一路上的精彩分享，让我又想起了当年从同事那儿无意获悉的这条路，我心动了。后来我上 Google 做了搜索，果不其然，YouTube 以及各个网页对欧洲朝圣路的各种历史介绍，各国旅人的朝圣经验介绍分享，视频资料等，读着读着，很快的就陷进去了…

2022 年的 7 月，我趁着自己的搜索热潮收获的多方资料，居然也没做什么特别的准备，就决定当年 9 月要去走"法国之路"。我先是飞往巴黎，然后乘大巴到达法国小镇阿夫朗什（Avranches）留两天 然后从法国的波尔多（Bordeaux）乘火车到达比利牛斯山（The Pyrenees Mountain）山下的法国小镇（Saint-Jean-Pied-de-Port），从那开始"法国之路"的朝圣之旅．

话说回来，走朝圣路之前，我完全是一个对户外运动零基础的人，也没有通过任何的户外背包或特殊徒步的训练。多年来的独立思考习惯，判断力与行动力，让我很容易的撇开其他人对我的怀疑眼光与"藐笑"，"你没有任何训练，你能走？听说要去走朝圣路的人，必须经过特殊的、甚至于几个月的实体背负训练与长期的准备才能去走，你没训练又没有户外经验，走不了的"。事实上，我不但顺利地走完计划中的部分朝圣之路，还收获了一路的芬芳。这是坚持与自信的力量。

2023 年的一月份左右，得知黄栎兴致勃勃的也想去走朝圣之路的时候，我将自己一路上的肤浅经验，注意事项等与她共享，将朝圣办公室颁发的旅馆庇护所住宿资料，徒步路线的地形指示标志图等转发给她。我告诉她，我在第一天翻越法国与西班牙之间的比利牛斯山（The Pyrenees Mountain）山时不巧遭遇狂风暴雨，风雨中伸手几乎看不见五指，虽然也有及时添衣喝热水，但仍感觉非常寒冷，我背上背负 26 磅重的背包（内有一个 6 磅重的相机）加上我 110 磅的轻小重量，根本逃不过被强风暴风推倒几次的经历，在刺骨寒风的攀登中前行，居然有过几度小睡过去的失温状态…后来，听说我们攀越比利牛斯山的同一天，有好几个朝圣者因失温被直升飞机救走了。我告诉黄栎，在毫无人烟的高海拔山上遭遇暴风雨持续性的袭击，这些都是意外事，不是我们能预防或控制得到的，户外活动的安全性很重要，能尽量做好户外准备工作是必要的前提，而且我不主张在恶劣天气环境下独自一个人行走，最起码的做法是尽量跟上其他朝圣者，一个人的行走是非常危险的。

黄栎在 2023 年的伊始，申根签证申请获批后，我看到她各种密锣紧鼓、缜密的一系列行装准备，包括户外背负训练锻炼，买这买那的户外用品等。很明显，她的准备工作比我做得多。当时我还调侃她，你比我牛多了，朝圣旅还没开始，你已走上朝圣旅了。交流中，了解到她没有背包用的被子，我推荐了我用的浮松软 1.26 磅总重的轻便羽绒被，fill power 浮松度 800 的，用于朝圣旅的背包轻装行非常合适，同时提醒她别带重量的水杯或保温杯，建议她带两个质量好的果汁塑胶瓶可以减轻重力，用作路上的饮用水瓶。后来还看到她用心良苦的准备了一份 daily 的完整计划，觉得她的准备工作做得比我好，同时也提醒她，别给自己压力，一定要按照设下的计划日程走，因为通过第一二或第三天的整天徒步，每个初级朝圣徒步者都会有一个明确的答案。

距离 5 月启程之日越来越近，黄栎说她不懂英文，有点紧张与担心，我于是将她的微信置顶了，希望能够及时查看到她的动态，以便能够及时地帮助她。她告诉我，她有一个会说西班牙语的朋友在国内，一路上也会给她提供帮助。我说，那你完全可以安心走行程就可以，能走多少就走多少，因为走过一两天后，自己基本上就有方向目标，预先做好的计划书基本用不上，而且圣路上到处都有天使，不懂语言就用手势。

黄栎在开始走圣路的前 15 天，我一直都在关注着她每天的状态，能够远程关注，及时帮助做鼓励，很开心，也当作朝圣旅者对她最大的支持吧。毕竟，2023 年年初国内刚经历一场全民新冠感染潮，在这个时候，能从国内走出来一趟，很不容易。

我对黄栎此次的朝圣旅，感觉到她的期望、努力与适应，这已经很好了。在关注她的路上，她说因语言不通，错过许多与人接触交流的机会。一路上看到她的状态逐渐变好，而且顺利到达此行的终点站圣地亚哥（Santiago），真替她高兴！毕竟，这是一次跟平时旅行不一样的经历，朝圣之路虽结束了，但这种经历必定是会铭心刻骨的。

The Camino de Santiago （圣地亚哥朝圣之路），被称为 Way of St James （圣詹姆斯之路），是中世纪最重要的基督教朝圣地。朝圣者为了减轻罪孽的惩罚，虔诚之心向着基督而选择此路，直至到达 Santiago 的终点参加大型的弥撒活动，或者说通往圣詹姆斯安息之地的道路终点到达了。而扇贝壳 Camino Shell，是朝圣路上一道特殊而明亮的路线指示标志，长期以来一直是圣地亚哥朝圣之路的重要象征。

朝圣之旅的初衷与含义，是具有悠久历史宗教根源的，它始发于朝圣者对宗教信仰的虔诚，1998 年已被 UNESCO 教科文组织列入世界文化遗产点。几个世纪以来，数百万朝圣者一直以骑马，步行，发展到现代的骑自行车模式而进行圣地亚哥 Camino 朝圣。它不仅是一道通往大教堂的宽宏道路，也是人们对生命的珍惜与感恩的态度，如今的此路，已演变发展成为世界各地旅人多元化的精神文化之道。

所以说，这条朝圣之路的存在与意义是非常独特的，而且对每个朝圣者都意味着不同的体验或感受。它就像一盏明灯，让每一个朝圣者都经历朝圣路上不同程度的艰难时光、或美好的经历，结识来自世界各国不同文化，不同背景或有各种故事的人物。我自己就在朝圣徒步中，结识一对来自挪威的小兄弟，大约只有 7、8 岁的小男孩，算是最年轻的朝圣者，由妈妈 Anna 带着来走朝圣路，妈妈 Anna 20 岁时因严重车祸残毁了，被医生宣判终生残疾，曾卧床不起大概 8 年。美国 NC 州来的 Sharon 与丈夫，与我共度一段路程，她背着 27 岁儿子的骨灰，一路上跟我欢快的说"故事"，有共情感而且容易投入的我，听着分享心很难受，不争气的泪涌而下，Sharon 看到这情形却反过来安慰我。而最年长的 80 岁老妈妈，来自于美国的芝加哥，女儿陪伴也走了一周的朝圣路，这些都是朝圣路上让人感动、感恩、感叹的遇见！

选择走朝圣之路，我觉得每人的初衷与目都不一致。有人为了寻找生活或生命的意义，有人为了自己的信念，有人为了体验，有人为了纪念家人朋友，有人为了完成某人的愿望，有人为了缓解工作的紧张，有人为了基督或天主教的虔诚宗教信仰，有人为了找寻徒步、贯穿大自然馈赠的那份鬼斧神工美好带来的自由快乐…无论何种原因，我认为都是人生历程的一种极好选择。我相信它能让每一位朝圣者感受到来自世界各地不同背景的爱与友情的帮助，或人性之间不可缺少的某种特有联系，更重要的，每个人都朝着一个共同的方向而前进……我想，这些已足够。

生命是美好的，它值得尊重与感恩。我们每时刻的呼吸，工作或生活，人生历程等，相信这一切都在不同方式的朝圣旅途上。让我在此祝福黄栋，祝福每一位在生命中前行的世人，愿我们在经过每一天的朝圣路上，有喜乐，有阳光，有草原大地的宽厚与自由，有爱的陪伴！

来自美国旧金山湾区的朋友：

Roxanne Lin （又名：草原）

10/3/2023

9
特别致谢

| 9 |
特别致谢

本书的出版,得到了上海清新之爱慈善基金会创始人徐新女士、上海银湾物业集团董事长周正东先生以及利淮国际文化发展有限公司董事长朱洪江先生的鼎力支持。

他们仨都是中国物业管理行业的翘楚,也是我在业内多年的朋友。朋友很多,但知我者并不多,他们算是"其中之三"。

徐新女士很早就创办了狮城怡安(上海)物业管理有限公司,并一手将这个公司做成了沪上同业的标杆。商界女强人如她,一度担任上海市物业管理行业协会副会长、国际资产管理协会上海分会主席;专业、知性、低调如她,2020 年成立了上海清新之爱慈善基金会,在辞任公司董事长职务后,继续回馈社会,是一枚妥妥的女中翘楚,也是我钦佩的女性之一。

我与周正东先生相识于 2000 年,那时我们还正年轻,我在行业协会,他刚创办了广西银湾物业管理公司,意气风发,是妥妥的青年才俊。因为工作关系,又因为彼此志气相投,所以成了朋友。2010 年前后,眼光独到的周先生带着公司转战上海,打开了一片更广阔的天地。尽管离开了广西,但周先生对我的工作支持一点也没有减少。那些年,但凡我组织的活动他都会专程从上海飞来参加,这些我一直记在心里。转眼好多年过去了,格局越来越大的周先生,事业也越做越大,是一枚妥妥的成功型男。在我离开职场一度感叹人情冷暖时,周先生一如既往。我想,"以义合者"大概说的就是周先生这样的人罢。

在此,对徐新女士和周正东先生以及那位似乎永远年轻、永远怀揣跳跃思维的朱洪江先生一并致以特别诚挚的感谢。

10

后记

| 10 |

后记

　　当我坐在电脑前敲下这些文字的时候，已经是距离我离开圣地亚哥的三个月之后了。这三个月，我一边回忆一边整理此次朝圣之路（下称 Camino）的笔记，断断续续地最终完成了这本《追光而遇——一个人的朝圣之路》，其中记录了我在 Camino 上一路向西的所见所闻和所想。虽谈不上精彩纷呈，也是至情至性的独白。

　　这个写作的过程，对于一个业余的作者来说，其实难度蛮大，因为水平有限，经常词穷；又因为长时间用电脑，眼睛一直处于疼痛的状态。但执拗如我，还是坚持完成了这本游记。尽管文字平平，但我力求真实、自然、走心。因为我相信，真实的文字最能打动人心。泰戈尔说过"真正的文学是对生命的真诚，而不仅仅是辞藻"我深以为然。

　　没有人要求过什么，这只是我想做的一件事，当我结束了一段旅程，特别是在这段旅程中看到的和感受的东西如此动人心弦，我想把它们写出来，分享给每一个热爱旅行、热爱生活的人。我以为，美丽的风景哪里都有，但美好的人间际遇却是世间难觅，一如我在 Camino 所经历的一切。

　　在这篇后记里，我想先分享一些 Camino 后续的故事。

　　从西班牙回来后，在路友 Dun 的帮助下，我与在本书中提到过的那些在圣路上相遇并交集过的路友重新建立了联系，比如美国的 Leslie、Jennifer，韩国的 Son Hyunsu 和 Ine 以及新加坡的 Cassy Wang。这是一件令人高兴的事。

　　我和 Dun、Son Hyunsu 以及 Ine 建了一个小群，偶尔互动，时有惊喜。

　　我和 Cassy Wang 也时有交流，一些关于 Camino 之后的工作和生活，她总是对我说"I miss the Camino"。

我和爱尔兰的 Mia 一直有微信联系，我们甚至开始了今年相约葡萄牙之路的计划。

Leslie 让我分享了她的朝圣日记，原来她在日记中也记录了与我的相遇，原来她也和我一样，因为我们的相遇感到开心并且难忘，她描述我一个人在 Camino 行走是孤独、漫长和艰难的，"一个人，几乎不懂英语……"字里行间，多有牵挂，一如我们相遇时的温暖和感动。"Keep in touch"，现在是我们常和对方说的话。

Jennifer 与我的互动会更多一些，她总说我是她前世的妹妹，不然怎么会在 Camino 上一再地相遇？！前些天她给我发来一张照片，照片是她和一个女人在用餐的合影。她说她正在和 Pat 一起吃午餐，问我是否还记得 Pat。我看了照片虽然面熟但一时想不起在哪见过，结果 Jennifer 告诉我，Pat 说记得我，我们曾经在蓬特拉雷纳（Puente la Reina）同住过一屋。我这下想起来了，原来这位 Pat 就是我在《圣路日记》第八天"第一次独自在欧洲坐大巴"描述过的那个来自佛罗里达的美国大妈，难怪面熟。Jennifer 说她和 Pat 第一天在圣让.皮耶德波尔（Saint Jean Pied de Port）出发时就认识了，两人都来自佛罗里达。此次她们相约午餐，Jennifer 提到我，没想到Pat 也记得我，原来都在 Camino 上相遇过。似是故人来啊，当下彼此都好高兴，这 Camino 上兜兜转转的缘分，就是如此神奇，时常给人带来意想不到的惊喜。

还有我在《圣路日记》第 22 天"莱昂古城一日游"中提到过在Jennifer 住的庇护所认识的来自台北的佳芳。Camino 结束后，我在西班牙南部游历时，曾和她在马拉加（Malaga）相遇，当时我正遭遇了一些困难，她的出现有如神助。后来马拉加（Malaga）一别，她继续去行走葡萄牙之路，我则回到了广西。现在我们不时会相互问候一下，延续着一段彼此都念念不忘的 Camino 友情。

以上，除了这些后续的故事，在这篇后记里，我其实还想表达很多的感谢。此行 Camino，我得到了很多的支持、帮助和鼓励，我亦想借此表达我内心真挚的感谢。

感谢香港的刘烜辉先生。从我决定走 Camino 那一刻开始，刘先生就第一时间给予了支持和鼓励，第一时间赞助了户外必备用品，第一时间源源不断提供 Camino 信息和有价值的意见建议并帮助我掌握户外徒步基本常识。当我走上 Camino 之后，刘先生又是一路的关注和鼓励，可以说，我能成功完成 Camino，刘先生功不可没。

感谢南宁的伊皓先生和杨秋旦小姐。知道我要走 Camino 但语言不通，通晓西班牙语的伊皓先生主动提出给予我帮助。从出发前 Camino APP 的下载和翻译整理再到后来沿途庇护所的预订，一路上，伊皓先生被我称之为"圣路影子"。可以说，我能成功完成 Camino，"圣路影子"同样功不可没。杨秋旦小姐在本书编写后期帮忙整理照片，同样非常辛苦，在此一并感谢。

感谢北京的姚飞先生。曾经在西班牙工作过的姚先生，确切地说只是朋友的朋友，不曾谋面的他热心地为我提供了西班牙的相关资讯和紧急联系方式。当我在途中遇到语言问题沟通不畅时，他又不厌其烦地一字一句地通过微信语音教我练习相关词句的西班牙语发音帮助我解决问题，然后再附加一路的精神鼓励。令我十分感动。

感谢美国旧金山湾区"侠女走天下"旅游群的网友"三步两桥"女士和"草原"女士。远隔重洋、同样不曾谋面的她们，热心无私地分享了她们曾经走过 Camino 的经验。特别是"草原"女士，在我走上 Camino 之后，她置顶了我的微信，时时关注我的行程动态，除了分享经验，更多的是为我加油打气。

感谢来自美国俄亥俄州的路友 Dun。从走上 Camino 第九天在埃斯特利亚 (Estella) 与她同住一屋开始到后来在路上不时地相约或相遇，她总是热心且耐心地为我充当翻译，让我得以更多地感受到来自 Camino 上与人交流的乐趣，得以更多地理解和见识这里不一样的历史和人文。即便路上没有结伴同行，她不时的问候，也让孤单一人语言不通的我有了一路的温暖。

不会忘记 6 月 16 日在莱昂 (Leon)，当天 Dun 因身体原因（我后来才知道）在当地医院各种检查折腾了一天，最后因为坚持要走完 Camino，她拒绝住院安排从医院跑出来时已是凌晨 2 点，原先定的庇护所也已关门无法入住，身心俱疲无处可去的她向我求助，恰好同在莱昂但住在酒店的我，很庆幸有了一次帮助她的机会。知道她的身体状况后在为她担心的同时我也在心里暗暗决定，如果出现什么意外，我要像家人一样帮助她。幸好后来平安无事，Dun 以她坚强的意志力最终走到了圣地亚哥。再后来，当我们在圣地亚哥拥抱告别的时候，知道后会无期的我们都流下了眼泪。都说相逢的意义在于彼此的照亮，我是如此的感同身受。

感谢我亲爱的女儿 Christy。此行 Camino，所谓寻找自己，当然也包括对自己曾经过往与是非对错的思考，寻求放下并与自己和解同样是此行的主旋律。其中，女儿是绕不开的一段，那些曾经对她幼时成长的忽视，一直让我难以释怀。欣慰的是，此行一路，每天都能够感受到她的关心和关注，让我内心充满感恩。毫无疑问，这也是我坚持行走 Camino 的原动力。

感谢北京的张志红女士、于良先生和深圳的陈耀忠先生、余绍元先生、鲍江勇先生以及上海桃园五结义的兄弟姐妹们，他们在我的 Camino 上一直的关注和鼓励，也给我了一路前行的力量和勇气。此外，还有其他没有具名的朋友，点赞就是支持。在这里也一并致以真挚的感谢。

最后要感谢自己的勇敢。所谓勇敢，不是说没有恐惧，而是说能够为了梦想去战胜恐惧，我知道诗和远方永远不会在原地等待，所以才勇敢地选择出发。说到勇敢，再说一个"小秘密"，我其实是一个疑神疑鬼、怕苦怕累怕孤独的人，同时也是一个怕狗之人，属于看见狗就"两股战战，几欲先走"的那种。此行"法国之路"，对于行程中的苦、累和孤独，我都做好了心理准备，没有料到的是，西班牙人太爱狗了。我沿途经过的城镇乡村，狗狗们无处不在。记得开走的第三天，我一个人背着包踽踽行走，在经过一个乡村小道时，一个抬头，发现前方竟然站着一条巨大的、身上有着像奶牛一样花斑的大狗。当下大惊，赶紧悄悄地转身往回走了一段才停下来，然后心慌意乱地等了十几分钟，看看周边一个人也没有，求助无门但路还得往前走，我只好鼓励自己再勇敢一点。所幸再往前走的时候，大花狗已经不见了，我这才一溜小跑穿过村庄。后来，在路上遇见狗或听到狗的叫声，也成为一种承受能力的考验，它有时甚于苦行的疲惫与孤独。

此行 Camino 已经结束，走过、路过的风景也已经渐行渐远，看过、听过的可能会混淆和忘却，但思过、想过的会留在记忆中，变成一种觉知。有人说，走一趟朝圣之路会改变你的人生，千万不要相信，改变我们人生的从来就不是一条路，而是思想。当见识了世界，当打开了视野，便也深刻了思想，进而丰富你的人生，壮大你的灵魂。正如我在 Camino 上经历的。

回想悠悠前半生，在这个地球的版图上，我曾经走过很多很多的地方，遇见的美景数不胜数，但 Camino 让我感受到的不仅仅是风景的美丽，还有诸多人性的美好，是炎炎夏日里的温暖如春。落笔的此刻，想起这一路的繁花与惊惶，我的内心充满感恩，感恩在有生之年有时间、有能力、有毅力、有勇气去完成这条朝圣之路。

书名《追光而遇——一个人的朝圣之路》，启发于《诗经》与《圣经》。"追光而遇，沐光而行"来自《诗经》，顾名思义，向着光明的方向前行；而《圣经》里讲述，上帝说要有光，于是世界就有了光。我以为，朝圣的人有两种，一种是看不清自己、需要借光前行的人（比如我）；另一种是我心光明、自带光芒的人，比如来自美国的 Leslie 和那个不知其名的法国歌唱家（见圣路日记《同是天涯圣路人，相逢何必曾相识》），他们去朝圣的目的在于与更大的光芒合一，照亮自己也照亮他人；我以为，朝圣者，或发光或借光，无论是哪一种，都是追光的人，他们在尘世与信仰之间行走，追求精神上的修为与实践。光，有自然的，有内在的，有信仰的……每个人都有一束光，或源于自己，或受惠他人；光，能温暖他人，能照亮方向，还能审视自我。回顾 Camino 上的种种，故为《追光而遇——一个人的朝圣之路》。

再次感谢，所有的所有。

黄栎 2023 年秋于南宁

作　　　　者	黃櫟
書　　　　名	追光而遇——一个人的朝圣之路
出　　　　版	超媒體出版有限公司
地　　　　址	荃灣柴灣角街 34-36 號萬達來工業中心 21 樓 02 室
出版計劃查詢	(852) 3596 4296
電　　　　郵	info@easy-publish.org
網　　　　址	http://www.easy-publish.org
香 港 總 經 銷	聯合新零售 (香港) 有限公司
出 版 日 期	2024 年 6 月
圖 書 分 類	心靈勵志
國 際 書 號	978-988-8839-71-1
定　　　　價	HK$96
執 行 編 輯	Tony
校　　　　對	Tony
美 術 設 計	Jack
字　　　　數	62,571 字
規　　　　格	163mm x 230mm